FUERZAS ESPECIALES

LARGO RECORRIDO, 75

Diamela Eltit

FUERZAS ESPECIALES

EDITORIAL PERIFÉRICA

PRIMERA EDICIÓN: enero de 2015
DISEÑO DE COLECCIÓN: Julián Rodríguez
MAQUETACIÓN: Natalia Moreno

Esta obra ha recibido una ayuda a la edición
del Ministerio de Educación, Cultura y Deporte.

Apartado de Correos 293. Cáceres 10001
info@editorialperiferica.com
www.editorialperiferica.com

ISBN: 978-84-16291-05-2
DEPÓSITO LEGAL: CC-350-2014
IMPRESIÓN: Kadmos
IMPRESO EN ESPAÑA — PRINTED IN SPAIN

Soy una Juana de Arco electrónica, actual.
Severo Sarduy

A Marina Arrate
A Alfredo Castro

Había dos mil Webley-Green 455. Había mil trescientas Beretta Target 90.

La algarabía me provoca mareos y me empuja hacia un hambre rara, extensa. Soy una criatura parásita de mí misma. Sé que mi hermana palpita en nuestra cama, incómoda, incierta. El cuerpo de mi hermana espera, no sé, sábanas o aguarda que yo mitigue su pena. Me pide que sea yo la que consiga horadar la sensación de pesadumbre metálica que le provoca la ausencia de sus niños. Y me suplica que le indique cómo esquivar la compasión que experimentamos ante la humillación de que mi padre ya no tenga a sus hijos hombres, los que tenía, los que poblaban el departamento, los que estaban con nosotros, nuestros hermanos verídicos, los que están en la cárcel, porque ahora sólo quedamos ella y yo, que somos mujeres. Había un rifle Taurus M62.

Voy al cíber como mujer a buscar entre las pantallas mi comida. Todos se comen. Me comen a mí también, me bajan los calzones frente a las pantallas. O yo misma me bajo mis calzones en el cíber, me los bajo atravesada por el resplandor magnético de las computadoras. En cambio el Omar o el Lucho solamente se lo sacan, más fácil, más limpio, más sano, provistos de la cómoda seguridad de que nada les resulte destructivo o verdaderamente insalvable. Pagamos trescientos pesos por ocupar media hora el cubículo. Me bajo media hora los calzones y dejo que me metan el lulo o los dedos adentro, hasta donde puedan. Nunca digo: sácame el lulo ni digo: sácame los dedos. No lo hago porque me concentro en el sitio ruso de modas alternativas que me absorbe tanto que mis ojos se pasean por mi cerebro clasificando las prendas de manera hipnótica. Después abandono corriendo el cíber y me voy a consumir todo lo que puedo. Lo hago con una deliberada avidez, con un estilo anémico, posesivo, y cuando ya ha pasado un tiempo importante, cuando me siento ventilada, aguda, regreso y espero la suma de cada una de mis medias horas en el cubículo ocho. Miro la pantalla y, para entretenerme, muevo el cursor y avanzo hacia las últimas tendencias de los suntuosos abrigos italianos. Me pagan mil y hasta dos mil pesos la media hora. Yo le pago trescientos pesos al Lucho por el cubículo. Me da envidia el Omar

porque es el mejor chupapico del cíber, muy famoso él por la artesanía de sus labios y por su elegante e imperceptible rapidez. Es envolvente el Omar, doble, dramático, ávido de modernidad. Si alguien le ocupa su cubículo, el número nueve, el que está justo al lado del mío, se pone furioso y ataca la integridad del cíber. Le pagan hasta cinco mil, eso asegura él. Había treinta y cuatro mil Astra M1021. Pero no le creo al Omar porque es farsante, presuntuoso, técnico, ese es el sello de su estilo, siempre conectado a sus auriculares para perderse en su música, aunque puede ser que una vez le hayan pagado cinco mil. A mí me pagan mil porque yo soy mu-

jer. Con un incipiente grado de rencor y de eficacia me bajo mis calzones, me los bajo mientras pienso en mi hermana que no se levantó hoy aunque está despierta. La mujer del departamento de al lado no se levanta jamás. Se caga ruidosamente en la cama. Nuestra vecina está confundida por el intenso funcionamiento de su imaginación portentosa. El Lucho no nos instala una estufa en el pasillo para calentar el cíber. Hace frío. Ayer llegó la guatona Pepa entumida y ni siquiera me saludó cuando nos encontramos en la puerta. La guatona tenía los ojos colorados como conejo, bien rojos, entró verde de frío, envuelta en una estela sutil de neblina y de pudor. Mi mamá está hablando sola. Dice que ella y mi hermana valen igual y que yo valgo un pucho.

Nada, dice mi mamá. Ahora están enfermas las dos. A mi mamá y a mi hermana les doy vuelta de un lado para otro como si fueran un asado porque algunos días, mientras transcurre la rutinaria semblanza del tiempo, ellas tosen y vomitan y son exigentes y se niegan a compensarme por los desvelos que me ocasionan. El cíber ha sido maravilloso con toda la familia, con mi mamá, mi hermana y yo, pero no con mi papá, con él no, ni menos con los que ya no están con nosotros. El cíber es todo para mí, milagroso, gentil. Yo venero la neutralidad de la computadora que me protege hasta de los crujidos de mí misma: el cursor, el levísimo sonido del disco duro, la pantalla es completamente indescriptible y su borde, un poco maltratado, no me desanima porque su prestigio salta a borbotones en medio de una luz titilante. Una luz que nunca va a comprender la guatona Pepa pues no sabe, no conoce, no acepta que su vida ya se manifestó y que es un desastre total. La guatona no puede sentir más que profundos destellos de ira por lo que consigue, unas simples monedas o ninguna porque la guatona va al cíber solamente para rodearse de una merecida paz tecnológica. Pero la guatona es la guatona y me asusta y me da miedo y me provoca un terror parcial pues mi mamá, mi hermana y yo nos parecemos demasiado a la guatona, pero nosotras ganamos más. Yo gano más. Había tres mil pistolas Bruni 8 mm. Gano más ahora que mi mamá está enferma y mi hermana también. Pero mi papá, no, él no. Mi papá no se puede comparar con el Omar, encapsulado siempre el Omar, doblado entre las débiles luces del cubículo que arrienda, siempre el mismo, el número nueve, el Omar cautivo y debilitado por unos esporádicos accesos de tos que le provoca su trabajo. Atravesado por la rigidez parcial de sus labios, por el dolor constante en sus mandíbulas. El Omar parapetado detrás de un nueve grandote, un número nueve tan desproporcionado y lento como un lagarto, un nueve escrito con un plumón de tinta negra, un trazo escalofriante. Tosco el nueve que lo marca y lo mantiene ocupado todo el tiempo. El Omar meditando en su cubículo chupapico. El Omar espera porque necesita, así lo ha dicho a quien lo quiera escuchar, mamar y mamar todo el tiempo, chupar. Egoísta el Omar que no me enseña. Le pido que me explique, que me adiestre, que me deje mirar para entender qué hace con el tumultuoso encuentro entre la pantalla y la luz, cómo evita la colusión mientras cumple magistralmente como chupapico. Le dije que me indique cómo sostiene su absorta concentración, de qué manera maneja los ruidos y los gritos que cruzan el cíber, pero el Omar se encierra y pasa el pestillo y se queda adherido a la silla. No sé qué hacer con el Omar o cómo saludarnos con la guatona y de cuál modo tolerar al Lucho que chatea y chatea y guarda los trescientos pesos que le paso, tres monedas y las introduce en su caja mientras le escribe a un colombiano, lo leo con mis propios ojos, le cuenta al colombiano que está en pleno crecimiento, le indica que va a viajar a Europa y le escribe que se le cayó un diente de leche y no alcanzo a leer más porque el Lucho por fin me mira o no me mira realmente y me entrega un vale terrible y agresivo mientras la guatona me empuja con sus uñas mal limadas, ásperas, únicas. Pero ahora tengo que ir a mi casa porque el tiempo se volcó sobre mí. Debo llegar rápido a mi departamento, correr para cerrar la puerta que está abierta y por el hueco infernal se cuelan manadas de gatos muertos de hambre. Había quince mil gorras Wehrmacht. Tengo que sacar a los gatos y después precipitarme a atenderlas a ellas, tocarlas a las dos y entre el roce de nuestros dedos comprobar que no tienen nada de fiebre. Hace trescientos días que están enfermas por culpa de los niños y todavía no se mueren porque son jóvenes y son sólidas. Más jóvenes y mucho más sólidas que mi papá que aún no se levanta de la cama porque es demasiado flojo el cabrón.

LOS NIÑOS

Ahora los guardianes vigilan a los hijos de mi hermana como si fueran figuras de cristal talladas por artesanos húngaros. Más de un año ya desde que las imágenes de los niños desbordaron los periódicos, los noticieros e irrumpieron en la crispada ruta de las redes. Aparecieron tal como son, iguales a ellos mismos, consumidos por el borde opaco de una extensa belleza. Misteriosos. Ni sanos ni enfermos. A lo largo de unas horas tumultuosas, realmente agresivas, los hijos de mi hermana, alcanzaron un protagonismo que no pudo sino resultar dramático porque el recorte tangencial de sus figuras desencadenó la pasión por redimir las penurias de la infancia. El ambiguo enmarque de los rostros de los niños, rodeados por la policía, provocó un masivo estruendo público que no cedió por aproximadamente cuarenta y ocho horas. Ese tiempo consiguió que mi cuerpo se condensara y, a la vez, se disgregara en infinitos fragmentos de sensaciones porque ellos, los niños, renacieron ante mí. Los dos. Los mismos que antes sólo formaban parte del paisaje repetido y agotador que define a cualquier familia. Pero después que me avisó el Omar, me avisó el Lucho, los descubrí en la pantalla y me precipité hasta el departamento, subí las escaleras del bloque con una velocidad nueva y me senté estupefacta en el borde de una silla. Había trescientas Winchester calibre 270. Casi ahogada, con la respiración en un hilo, presuntamente asmática, pensé que por fin algo extraordinario nos había ocurrido. Un hecho público que ya no me obligaba a preguntarme por la veracidad de mi existencia. Mientras seguía sentada en la silla, en su exacto borde, noté que mi cerebro se expandía incrementado por latidos punzantes y noté el temblor en una parte de mi mano derecha. Me parecía asombroso que los hijos de mi hermana fueran capaces de producir un clima de estupefacción tan extenso. Pensé en los niños que antes nos pertenecían y en cómo ellos consiguieron individualizarse hasta alcanzar una difícil y exclusiva notoriedad debido a la conducta de mi hermana. Percibí también que se precipitaba sobre nosotros el hálito colectivo de horror y de un escándalo que, aunque efímero, resultaba elocuente. Había quince mil quinientos rifles Taurus M62. Sentada en la orilla de la silla nada parecía importante en el mundo, salvo los dos hijos de mi hermana y la realidad creciente de sus publicitados destinos. Los niños existían ante una parte del mundo y existía también mi hermana y, por fin, a lo largo de cuarenta y ocho horas la vida de todos nosotros adquiría un merecido relieve. En medio de poderosos chispazos, las informaciones, detalladas con una deliberada crueldad, borraban nuestra insignificancia y las asimetrías. Era mi hermana, el último hilo de fraternidad que me quedaba, quien ese día me convocó velozmente hasta el departamento. Mientras permanecía en el borde de la silla, en medio de una ascendente sensación de incredulidad, comprendí que ella era un ser que estaba lleno de energía, sumergida en la invectiva de un pensamiento que la familia nunca pudo detener. Pero el reconocimiento que me suscitó la noticia junto con conmoverme, después de unos minutos, me apabulló. Pensé en los niños, en la súbita radicalidad que adquiría la familia, en los matices irreales de la noticia, en la abierta desaprobación que generaba mi hermana. Me irritó la malévola comprensión de su cuerpo. Pensé, sentada en el borde de la silla, con los ojos enrojecidos por el impacto, que un rayo electrónico nos había partido porque las imágenes de los niños, circulando como antiguos productos sacrificiales en una cinta infinita, portaban un nuevo futuro. Sentada en el borde más incómodo de la silla, cerré los ojos para intentar fugarme de esas cuarenta y ocho horas que transcurrían sólo para precipitarse sobre los niños y mi hermana. Quise saltarme esas horas y me esforcé en atraer los momentos más cruciales y secretos de lo que había sido nuestra infancia pero no acudían nuevas imágenes que pudieran distraerme de la monotonía de ese tiempo. Las escenas que llegaban eran insuficientes o abiertamente previsibles. Situaciones básicas en las que ella o yo evadíamos la angustia que nos provocaba el hacinamiento de los muros, la vergüenza ante la torpeza que nos caracterizaba, los hábitos que no conseguíamos ocultar y el número de deseos incumplidos. Ella y yo amontonadas en el departamento, prácticamente asfixiadas. Risas tontas, golpes tontos, palizas y una idéntica manera de enfrentar el cúmulo de verdades que íbamos almacenando. Sentada en la silla pude comprender que nada era verdaderamente importante, ni siquiera la caída pública y masiva de los niños ni menos los actos de mi hermana serían definitivos porque se trataba de simples acontecimientos que se unirían a otros y a otros hasta que se cursara la muerte de los niños y la muerte de mi hermana. Pensé que yo también iba a morir y las cuarenta y ocho horas de infamia policial formarían parte de un episodio intrascendente. Pensé en mi hermana devorándose a sí misma por las terribles acusaciones que la privaban de sus dos hijos. Pensé también que nada le resultaba perturbador a mi hermana pues la resignación regía la totalidad de nuestros hábitos. Entendí que los niños tenían que prepararse para obedecer a sus propias naturalezas y ya estaban lo suficientemente adiestrados. Había trescientos veintidós mil rifles Mossberg 802. Fue en ese momento cuando me levanté de la silla y enfrenté el retorcido transcurso de las cuarenta y ocho horas. Lo hice provista de una máscara convincente porque mi hermana y yo tenemos un sinfín de vueltas, no somos lo que parecemos. Ya ha transcurrido más de un año y los niños, que ahora crecen lejos de mi hermana, todavía tienen la tarea de adaptarse y mejorar. Jamás nos han reprobado los cercanos, nadie rechazaría a mi hermana y mi papá urde constantemente planes para salvarla y consolarla. Los niños regresarán tarde o temprano como nosotras lo hemos hecho después de entender los beneficios de la tregua y del reposo. Los niños están retenidos lejos sólo por funestas presunciones, por sospechas hacia el comportamiento de mi hermana que nunca pudieron ser comprobadas. Los niños están relegados o regalados debido a un cúmulo de supuestos que la enardecieron y que la mantienen enferma de un sinfín de males indeterminados desde hace ya más de un año. Meses monótonos que la encadenan a sucesivas enfermedades. Mi hermana en cama o sentada en esta silla con leves mejorías que poco o nada ayudan a mantener la integridad que debemos certificar mensualmente en la comisaría. Pero por ahora no quiero pensar en los niños y en sus infames guardianes, no quiero enfrentar la situación de mi papá, solo, sin los hijos hombres que tenía, mi padre asfixiado por su familia de mujeres que no alcanza a soportar. Había cinco mil rifles CZ452. No quiero oír nunca más la voz de mi papá que me dice, levantando la cabeza de la almohada: córtala, hasta cuándo corrís como loca de un lado pa otro. No, hoy no quiero pensar porque tengo que correr para estirar a mi hermana que está enferma, astillada de pesadumbre, ovillada en la cama como si fuera una perra vieja. Había quince mil visores engomados.

Había siete mil misiles antiaéreos RIM-8 Talos.

No los debemos nombrar porque atraen sobre nosotros un alud de desgracias. Cada vez que mi mamá se desvela o le duelen los dientes o se retuerce de angustia, me dice: Pedro o Leandro. O me dice: papá. Cuando lo hace significa que entrarán las calamidades a través de los agujeros del departamento. Por eso cuando mi mamá me dice Pedro, Leandro o papá, ella y yo nos miramos con terror porque nos prohibimos mencionar sus nombres y a pesar de que yo salga del departamento y no vuelva en todo el día, aunque corra por las calles, arriende por una hora el cubículo o me coma dos fricas en el puesto del cojo Pancho, sé que la noticia de una desgracia inminente o de una felonía doméstica o una palpitación nerviosa nos van a demoler. Había diecisiete cohetes Davy Crockett. Me siento en la banqueta esmaltada que tiene el puesto del cojo y juntos miramos a la gente que pasa, siempre los mismos, tan feos que son, me comenta desganado el cojo. Habla con un tono decaído porque después de que la Marisa se fue y se llevó a la guagua, nada le importa demasiado. El cojo me habla y me habla mientras yo me como la frica y no alcanzo a comprender si me molestan o me alivian sus palabras. Pienso que el cojo está apenado o distraído porque la frica tiene un gusto raro, seco, un gusto sucio. El cojo Pancho me habla de la guagua, dice que la Marisa se la llevó en la noche, que le sacó toda la ventaja del mundo porque él estaba durmiendo, dice que ella viajó al norte, dice que se fue del país, que pasó de Arica a Tacna, que se llevó a la guagua, dice, que la niña ya estaba aprendiendo a abrir los ojos y a mirarlo como a un padre, dice que se parecía a él la guagua, que eran idénticos. Yo pienso que la frica está incomible, mala la frica porque el cojo ya no da para más, eso lo sabemos todos en el bloque, porque lo conocemos, lo vigilamos, tanto que no se lo imagina. El cojo Pancho ya no es el mismo. La Marisa vivía en otro nivel de conciencia, como si volviera de una repatriación europea o se hubiera incorporado a una secta, pero el cojo seguía obligándola a preparar las fricas calientes en el hornillo a pilas que tiene, el pan justo y necesario, volcado a ahorrar carne y pan sin entender a la Marisa que no soportaba la guata que tenía, una guata que no paraba de crecer, más puntuda, minuto a minuto. A mí, la Marisa me contó que una abeja le había picado la cabeza, me dijo que otra le había picado la planta del pie, me dijo que soñó que se ahogaba en una acequia, que se cayó de la cama, que se le durmió un brazo, que tenía chueco un dedo de la mano, me dijo que le había salido un pelo en la frente, que le picaba una extensa roncha sobre sus costillas, que los calzones ya no le cabían, que no quería ver a su hermano ni en pintura, me dijo que el cojo le daba asco, me dijo que su tía los echó a los dos de su departamento, me dijo que se cambiaron de bloque. Había cinco proyectiles nucleares de artillería W19. Me hacía un precio la Marisa cuando estaba guatona, un precio por las dos fricas. Después que ella se fue, el cojo Pancho se hizo cargo del puesto, se hizo visible, dejó de merodear por los bloques y se acabaron los grandes descuentos. Malas las fricas del cojo. Pero tengo que dejar que transcurran las horas, debo promover una tardanza considerable para así dilatar cada una de las penurias. Tengo que permanecer sentada, guarecida en el puesto del cojo pues si me levanto de la banca algo intangible podría aislar el departamento o atacar los sentimientos de mi mamá que nombró a esa parte maldita de la familia. Esa parte que tiene a mi papá sumido en un torbellino ambiguo de furor y cesantía. Prefiero comer esta frica que me repugna y escuchar al cojo Pancho mientras me dice que está seguro de que la Marisa va a vender a la guagua en Arica o que la va a vender justo en la frontera con Mendoza o que la va a permutar por algún beneficio para ella. Yo lo escucho y pienso que quizás tenga razón, la Marisa podría haber vendido a la guagua en el desenfreno de algún lugar fronterizo porque yo sigo a un grupo de un portal que comercializa guaguas y las negocian a precios exactos, metódicos. Están ahí con sus técnicas de camuflaje, bien intensos ellos, agudos, audaces, aparecen y desaparecen de las redes para desorientar a los tiras del mundo que están con sus caras pegadas a las pantallas. Policías ociosos, enfermos de imágenes prohibidas, recalentados por la censura. Ellos, los policías, nos siguen por todas partes, nos estudian porque formamos parte de su trabajo, lo sé. Hay que cuidarse siempre de los tiras, por eso mi mamá está tan pendiente de mi hermana, de mi papá, de ella misma, de mí, porque teme que la policía que sirve a la metalización del mundo nos quiebre y nos disuelva como a esa parte de la familia que no debemos nombrar. Mi mamá piensa, y yo también pienso igual que ella, que podríamos disgregarnos hasta no formar parte de nada en el universo. Mi mamá nos suplica que dejemos de sufrir por la ferocidad que tenemos. La segunda frica me va a obstruir los intestinos, me va a mandar a urgencias.

Había cien mil bombas de neutrones U-238. Pero no voy a volver al departamento porque seguramente a mi hermana ya le dio otro de sus ataques. Prefiero escuchar al cojo Pancho y su teatro ante una guagua casi desconocida para él. Oír al cojo que en realidad se alivia por la ausencia de la Marisa, una fuga que lo libró de su presencia tediosa, doméstica. Pero fue ese abandono el que terminó por afectarlo pues lo condenó a la frica. Sentados en la banca vemos a mujeres y hombres pasar a sus departamentos, iguales, como me dice el cojo, iguales como dicen mi mamá y mi hermana. Cualquier cosa menos volver al departamento, oír al cojo hasta mi muerte antes de entrar corriendo al dormitorio para ver si mi papá está vivo todavía o lo zafaron sus antiguas pendencias. Quedarme con el cojo Pancho todo el tiempo que sea necesario, sentados en la banca, hinchada hasta las orejas por las fricas. Sentada junto al cojo para no volver a ver a mi madre en un estado verdaderamente crepuscular porque la familia está prófuga o los hiere la policía o los matan o gimen en la cárcel. O bien escuchar los rugidos de dolor materno iguales al animal de un circo vienés, ese magnífico león que vi en el mejor sitio de animales, el mismo estereofónico rugido vienés que escucho en algún lugar de mi cabeza, mientras el cojo me dice que la Marisa le vendió la guagua a una banda brasileña. Pero sé que ha llegado la hora, la mía, mi hora, comprendo que me tengo que levantar de la banca, limpiarme los labios con el dorso de la mano, correr hacia mi bloque, subir las escaleras para llegar hasta mi departamento porque mi madre me aúlla que vaya, que llegue, que proteja a mi papá que está hecho bolsa por el odio y por la persecución de los tiras. Este papá que tengo y que cuando entre al departamento me dirá con una voz desgastada, cruzado por un matiz de desorden y de confusión: y tú, qué andai haciendo en la calle, que no te dai cuenta de que tenimos hambre. Había doscientas treinta bombas W71. O no te dai cuenta que te estamos esperando pa que hagai la comida. Había mil bombas W79. O acaso no entendís que tu mamá está enferma, tiritando, más perdida que nunca.

Cómo compadecerla o cómo ayudarla, pienso, pero me distraigo en uno de mis sitios preferidos que da inicio a la nueva temporada de zapatos manufacturados con la piel de una serpiente que habita el norte argentino, la lampalagua. Estos diseños, los más elegantes que he visto, ya se han apoderado de las superlativas vitrinas francesas. Los zapatos están investidos de una audacia que jamás habría imaginado porque la lampalagua es un devaluado reptil que circula de manera artera por la devastación de los barrios. Había treinta y ocho mil martillos de lucerna. Una serpiente trágica que antes sólo había sido comercializada para servir a un turismo de bajo presupuesto. Recuerdo que hace unos meses visité un sitio que mostraba las carteras fabricadas con piel de lampalaguas, unos bolsos de mala muerte que se vendían a lo largo de las calles argentinas. Las carteras, abiertamente comunes y con innobles terminaciones, fueron denunciadas por unos activistas finlandeses que velaban por la preservación mundial de los reptiles. Desolados o con matices de una ira contenida, los activistas mostraron cómo colgaban multitudes de carteras en las ferias y, a través de sus gestos de indignación, pude comprobar hasta qué punto esas prendas carecían de interés. En cambio, las mismas lampalaguas convertidas en los zapatos que ornamentan las vitrinas francesas, hoy generan la euforia entre los especialistas pues le otorgan al reptil un nivel de grandeza que no habría sido posible presagiar. Los modelos quiebran sus propios límites mediante unos tacones aventurados provistos de una retorcida circularidad que, a pesar de su forma, auguran un paso estable para el tobillo, la columna, la cabeza, la dirección confiable de los ojos. La vitrina exhibe su impecable escenografía mediante la ordenación de los zapatos que simulan el trazado de un voluptuoso reptil. Así consiguen comercializar la languidez del sueño, del ocio y del cansancio. La extensión del reptil conformada por la disposición laboriosa e inteligente de los zapatos, se desliza a través de unas telas que imitan los contornos de un paisaje desértico. La insensatez de la lampalagua me recorre el cerebro y se refugia sabiamente en mi lóbulo frontal postergando así el peligro de la mordida y del veneno. Había ochocientas cuarenta y cinco porras de plomo. Mientras salgo del cíber y camino hacia mi bloque, pienso en mi hermana y sólo me invade la imagen de su pelo negro, grueso y sorprendente. Un abrumador pelo negro que no parece enmarcar su rostro sino más bien despliega los matices de su propia fortaleza. Porque era su pelo el que generaba los peores disturbios entre mi madre y mi hermana. Había cuatro mil dardos. La peineta que se interponía entre ambas detonaba un infierno entre las cuatro paredes que tenemos. Las cuatro paredes atravesadas por la afilada peineta, los gritos de mi hermana azotándose la cabeza contra las exactas cuatro paredes. Con la frente rota por los golpes mientras que mi madre las emprendía en contra de ese pelo ayudada por la sangre que estaba allí para humedecer y reafirmar el rígido peinado que mi hermana no soportaba porque quería el pelo suelto, muy negro y suelto para escamotear su cara del espejo o rehuir la violencia de las miradas. Un pelo que mi madre, la nuestra, nunca pudo soportar ni menos comprender, porque ella, nuestra madre, no tuvo la oportunidad de pensar el rostro como uno de los problemas más agudos que mi hermana se negaba a enfrentar. Los golpes, su pelo endurecido por la densidad de la sangre, la calle, el silencio entre nosotras, la molestia que yo les provocaba a ambas cuando me convertía en una desapasionada testigo. Mi madre, la nuestra, cansada o eufórica se volcaba a su último plan de redención después de soportar a su hija y el estado crítico de su pelo. Cansada nuestra mamá porque la frente trizada de mi hermana la llenaba de ira debido a las cicatrices que iba acumulando. Mi hermana y su costumbre de golpearse la frente, golpearse, empecinada como un animal sediento y, entonces, el pelo de mi hermana, extraño, autónomo, se erizaba y se iba directo a las paredes. Más adelante, mucho más adelante, después que se habían tragado la ira, mi madre y mi hermana se fundían en un abrazo tan estilizado y entrañable que yo no podía sino fotografiarlas con mi celular. Las enfocaba en un plano medio a las dos abrazadas. Porque así son ellas, afectuosas, atractivas, encapsuladas, parecidas. Pero es una semejanza inmaterial que va mucho más allá de la simple coincidencia orgánica, porque ambas no tienen nada en común, parece que provinieran de otra genética. Yo fotografiaba el abrazo que sellaba el amor desesperado que se tenían o la frente de mi hermana contra la pared o sencillamente la registraba tapándose la cara ante el espejo. Había treinta y ocho mil espadas falcatas. Mi hermana, sangrante, abrazada a mi mamá, pálidas las dos porque ellas siempre se han amado con un tipo de pasión escalofriante. Después yo me iba porque cuando descubrían el enmarque en el celular, se volvían en mi contra de una manera que me aterraba. Mi madre entonces me odiaba, pero mi hermana no, ella odiaba las fotos, odiaba el espejo y odiaba la composición de los rostros. Pero ahora mi hermana carece de horizonte, no apoya los planes de mi madre y los míos, nuestra urgente necesidad de urdir ganancias para incrementarnos y recuperar a los niños, unas ganancias que nos empujan a un estado peligroso de éxtasis, porque la simple y tortuosa compra de un boleto de lotería en uno de los puestos del bloque desata en nosotras la certeza de que la suerte nos pertenece. O bien la posibilidad de que mi madre venda unos maceteros comunes en la feria nos descompensa el ánimo y nos ponemos gritonas, así lo asegura mi hermana. Mi hermana nos insiste, de manera malévola o envidiosa, que el boleto o los maceteros son un verdadero desastre y que todavía nos mantenemos en pie como familia debido a un montón de artimañas peligrosas que nos van a terminar por destruir cuando nos invada la policía. Después se queda callada sólo para mirar fijamente la pared mientras yo recuerdo las imágenes de los tiras que guardo en mi celular y son esas imágenes las que me permiten recordar que mi hermana tiene la razón la mayor parte del tiempo. Y pienso que el celular que tenía antes, el mío, testimoniaba que el deseo de corrección de mi madre sólo dañaba la frente de mi hermana, porque nada iba a ser posible y así lo demuestra hoy el infame resultado del boleto de lotería o el magro macetero que nos obliga a escuchar las ironías de mi hermana. Nos desarma su burla ante la lotería o el desprecio por los maceteros. Nos empuja, a mi madre y a mí, a odiar el juego y a renegar de los maceteros. Nos obliga a profundizar en el peligro. Y para no escuchar sus risotadas después del inclemente fracaso, cerramos los ojos y así no presenciamos el descalabro definitivo de la familia que en cualquier minuto nos aguarda para devorarnos. Pero, hoy, ahora mismo, todavía se me tuercen las rodillas cuando me acuerdo de la sangre en la pared, del abrazo interminable, del llanto operático de mi hermana. Todavía estoy nerviosa por la frente, el pelo, la salud de mi hermana. Inquieta. Inquieta. Por eso, cuando estamos en el departamento, a cada rato la miro y le pregunto: ¿y qué estai haciendo tú?

Había ochocientas pistolas Luger P08.

Había ochenta Steyr Werke M29, 7.92 mm.

Sé que somos una familia porque con una concentrada sincronía mido sus respiraciones siguiendo los latidos de mi corazón. Estoy segura de que estamos vivos pues el aullido de las balizas de los autos policiales nos obliga a taparnos la cabeza con las almohadas. Había cien Gewehr 98, 7.9mm. Tenemos más vida todavía porque los carros policiales no se detuvieron hoy en el frente de nuestro bloque. Y porque estamos fuera del chucho es que me levanto, me pongo mi gorro negro y antes de salir les pido que sigan durmiendo, que descansen, que se mejoren. Debo ir al cíber a cumplir con mi obligación, bajarme los calzones, revisar algunos sitios, pero antes los cuento de nuevo uno a uno. Quedamos cuatro: mi papá, mi mamá, mi hermana y yo. Los cuento y los vuelvo a contar para estar segura de que siguen ahí, para convencerme de que esos cuerpos son de ellos y que yo también permanezco intacta. Mientras reviso mi suma escasa pero minuciosa sé que hoy no los van a detectar las antenas del carro policial y me convenzo de que los pacos no los empujarán para meterlos en la cuca pues mi papá, mi mamá y mi hermana estarán en sus camas, divagando entre no sé cuáles imágenes debido al vaho que les infunde la pereza. Quiero contarlos para saber cómo funcionan los números en sus cuerpos y de qué manera puedo salir dejando el terror adentro de las paredes del departamento. Irme con la certeza de que estarán cuando vuelva. Caminar hacia el cíber con la seguridad de que se quedarán en cama o que después de un esfuerzo terrible y material se sentarán en una de las sillas, medio desfallecientes o medio dormidos, exhaustos, pero seguros de que nos pertenecemos. Había cincuenta Mauser G41, 792 mm. Yo todavía me puedo desplazar sin restricciones. Aún puedo transitar por las calles para resolver cada una de las necesidades y solucionar los escollos que se nos presentan. Escollos y necesidades. Tantos inconvenientes que a ellos los cansan más aún cuando intento enumerarlos. Somos cuatro. Un número todavía posible. Sumamos una cantidad que tiene sentido y nos permite mostrar que existe en nosotros un débil orgullo familiar. Con ese mismo hilo de orgullo le digo a la guatona Pepa en la puerta del cíber: mi mamá está muy bien. Y le indico, con una impostada indiferencia: mi hermana preguntó por ti. O me refiero a mi papá y sus antiguas habilidades. La guatona se compadece de mí y no me dice lo que piensa de mis palabras, no pregunta por los que faltan, no habla de la vigilancia incesante de los tiras sobre nosotros porque los odia tanto como yo. La guatona me mira con atención y después se enoja con ella misma por escucharme. La compasión que la envuelve le recuerda que detesta relacionarse conmigo y con el mundo. Se arrepiente por la súbita confianza que me permite y corta mis palabras al punto que me da la espalda y me deja hablando sola. No me importa demasiado porque referirme a mi familia me reconforta, me da las fuerzas necesarias para entrar al cíber y sumergirme en ese espacio que me devora. Pago la media hora estipulada y un fragmento de desajuste me impide separarme de la última imagen de mi hermana mientras muevo el cursor para abrir uno de los sitios más conflictivos que visito. Las imágenes son tremendas, increíbles. Pero prefiero pensar en mi hermana, en su desánimo del último año, pero otro lugar de mi mente lo ocupa la guatona Pepa que recorre de una esquina a otra la cuadra del cíber, enajenada la guatona con sus mechones de pelo mal teñido, su vestido anormal, defectuoso, un vestido que la hunde en una de las peores presentaciones que alguien se podría imaginar. La guatona Pepa está decaída, al igual que todo el bloque. Reconozco en ella la misma estela de desesperanza que advierto cuando subo las escaleras y escucho los gritos o los llantos o me envuelve un silencio sospechoso, un silencio curioso que dirige mis pasos hacia el cuarto piso, mientras la guatona se queda en el tercero, su piso, en el mismo bloque que ha enmarcado toda nuestra vida. La guatona no se despide ni me mira. No quiere hacerlo para no iniciar una conversación que la obligaría a desatar sus emociones: a llorar o a gritar o a maldecir o a hacer un escándalo en el último peldaño de la escalera. Había veinte mil Gustloff Werke Waffenwerke. Caminamos juntas desde el cíber, caminamos de la misma manera en que lo hacíamos antes: la guatona, mi hermana y yo, cansadas o vitales, hasta llegar a nuestro bloque, una al lado de la otra, risueñas o locuaces. Pero así era antes, ahora subimos las escaleras sin hablarnos porque la guatona no quiere cruzar palabra con nadie desde que se quedó sola, sin familia, entregada a la escalera del tercer piso, enfrentada a una puerta anónima que la guatona abre con la única llave que tiene, una llave que siempre lleva en su mano, apretada entre sus dedos. La llave que no abandona jamás, salvo cuando la introduce en la cerradura y abre la puerta y su cuerpo se pierde detrás de la difícil juntura hasta que se cierra con un sonido poderoso. Porque la guatona da un portazo con toda la fuerza o la ira que tiene y yo sigo mi ascenso hasta el cuarto mirando fijo los escalones para no saludar a nadie, para no detenerme ni dar explicaciones ni menos escuchar palabras arteras o maliciosas o irónicas. Esas palabras que están allí, solapadas entre las letras ya ilegibles clavadas en las puertas de cada departamento. Sé que los cuerpos que van quedando después de cada uno de los operativos policiales nos espían tras los plásticos. Conozco esos ojos maquínicos, encubiertos, huidizos, los mismos ojos que cuentan las patrullas, mientras los niños se ríen a gritos con las sirenas. Se ríen de una manera enfermiza, crónica, bronquial. Se ríen invadidos por un proceso febril, aferrados a las barandas de las escaleras, con los dientes amarillos, sarrosos, celebrando las veloces carreras de los policías entre los bloques de un lado a otro, rápidos, felinos, plagados de colmillos mentales, echando abajo las puertas del primero, del segundo y hasta del cuarto piso. Esta vez no sucede en nuestro bloque. No nos derriban las puertas a culatazos ni nos golpean a nosotros. No. Están invadiendo el bloque que está justo al frente nuestro y un feriante, al que no reconozco, nos grita que acaban de destruir uno de los rincones más conocidos de la población de al lado. Por eso están enfurecidos los policías, porque no mataron a nadie hoy y expresan su odio con palabras defectuosas, mientras los niños más afiebrados de nuestro bloque festejan los golpes con sus desafinadas carcajadas y afirman que quieren ser policías mientras describen los bordes de los cascos y alaban las botas, las hebillas, la fortaleza plástica de los escudos, y se abrazan al cemento de mala calidad, un cemento horadado por dentro, el mismo cemento al que se abrazaban los niños de mi hermana para mirar desde las escaleras el paisaje que les permitía el bloque. Había quinientos Mannlicher, 6.5 mm. El mismo paisaje que tanto conocemos con la guatona Pepa. Un paisaje que ahora borran las imágenes desenfrenadas del portal porque ya es hora de olvidarme de las escaleras y de los problemas que tiene la familia. Tengo que olvidarme del bloque, de los niños, de los dientes, de los cascos. Tengo que olvidarme de mí misma para entregarme en cuerpo y alma a la trasparencia que irradia la pantalla.

Había trescientas bombas W70.

No soporto la presión que me ocasiona esta noche. Quiero salir del departamento pero no puedo porque los gritos afuera anuncian la borrasca de los sábados. Oigo risas y balas. Risas, lágrimas y balas. Escucho lamentos, risas, música. Escucho risas y música y balas. Gritos. La policía se ha retirado. Descansa los sábados y abandona los bloques. Permite cada sábado que se expresen la música, las risas, las balas y los gritos. Escucho lágrimas. Quisiera salir y recorrer las balas y los gritos. Salir a la música y bailar tropicalmente la calle mientras sorteo las balas. Deseo que mi risa atraviese el bloque para distribuir de manera más justa este insomnio que me impulsa a recordar el baile del sitio brasileño que celebraba la música y las lágrimas impresas en los movimientos de los antiguos esclavos. Los mismos esclavos que viajaron por barco, posiblemente encadenados. Así lo aseguraron, con una imperdonable rigidez ante las cámaras, los numerosos especialistas que definían las rutas. Un viaje esclavo que, según ellos, los testigos, había traído la música que se extendió junto con las epidemias por el nuevo mundo. Los bailes empujan a los bloques al frenesí y debido al movimiento tormentoso de esos antiguos barcos ahora somos esclavos de la música y del baile, de las balas y de la risa en medio del paisaje de los bloques que no se estremecen como corresponde porque, ellos, los bloques, podrían bailar y llorar derramando sus copas de agua perforadas por las balas y la música. Los bloques volcados a aspirar, deberían amplificar la música neoprenera del amanecer mezclada con una serie ordenada de brillantes jeringas de alcohol y de lágrimas hasta alcanzar el éxtasis mítico de los oscuros castillos japoneses y sus trazos exactos y progresivos. Esos castillos renovados por una animación denodada y cruel que proyecta sobre los bloques las almenas más sólidas para defenderse de la policía, del ataque de la policía y de sus enervantes balizas. Había tres mil Murata 8 mm. Quiero bailar ritualmente las tardes crepusculares. Bailar para la policía arriba de la copa de agua con una jeringa tomando mi pelo mientras muevo músculos, huesos y grasa en lo más alto de la copa iluminada por una luna tóxica. Bailar, mientras ellos intentan cazarme con sus balines de goma o con las balas más verídicas. Pero nada puede destruirme porque bailo como los dioses o puteo como los dioses como me dice el Omar o me muevo delicadamente mientras la jeringa que sostiene mi pelo relumbra a la manera de un láser que prueba en mi cabeza su última tecnología de facturación china. Una jeringa que refuerza mi incombustión ante las balas o la fortaleza de mi cráneo frente a las lumas justo cuando bailo de manera sagrada en contra de la policía, parapetada en el recodo más injusto de la copa de agua. Pero hoy no, hoy no puedo. Había dos mil quinientos Arisaka 30, 8mm. Ahora escucho el volumen de la música que sube junto con las risas y las lágrimas de los sábados y durante unas horas la policía desaparece y deja los bloques huérfanos del ulular de las balizas. En este tiempo nadie cierra los ojos en los bloques porque ya no sabemos cómo vivir o cómo dormir sin la ira de la policía y sin la acústica destructiva de las balizas. Me gustaría llamar al Omar o llamar al Lucho pero no tengo un peso en el celular, no tengo un peso en ningún recodo de mi cuerpo, no tengo un peso en los pliegues de mi mochila, ni un peso en el hueco de la pared del departamento. De manera súbita e imperiosa necesito decirle al Omar que me espere para que perforemos juntos la noche porque él no duerme los sábados. No lo hace y se entrega a su vereda que está en la calle más alejada y más dañina. Quiero ir directamente a esa calle preparada para enfrentar la esquina y los insultos ante la falla imperdonable de la policía que no acude a matarnos ni a herirnos los sábados y rompe la rutina de la semana y nos impide bailar al ritmo tecno o ultra hopero de sus balas. Unas balas más sinfónicas y más auténticas que las nuestras. Pero sé que el Omar está decidido a darle una nueva vida a su esquina. Me invita, me impulsa y me demanda y me grita porque existe todavía una música para nosotros pues los dos somos adictos al ritmo más exitoso y más rotundo: la fusión bloque que baja por las escaleras y retoca cada uno de los escalones. Había cinco mil Webley&Scott 455. Algunos sábados obedezco al Omar y acudo. Lo hago cuando la noche tiene mucho más de seis patas y entonces lo busco y camino por las calles de los bloques. Me desplazo erguida desafiando a mi columna. Camino impulsada por el movimiento versátil de mis brazos con uno de mis dedos atrapados adentro del gollete de la botella de pisco. Sostengo la botella con el dedo para llegar rápido a la esquina donde vive el Omar y pisquearnos juntos mirando hacia arriba, siguiendo la posición del gollete de la botella en los labios. Un enfoque que nos vaticina una prosperidad sin precedentes. Así lo indica la dirección arribista del gollete. Nos dice que vamos para arriba, para arriba, mientras las balas de los bloques se disparan unas a otras. Una bala contra otra marcando la enemistad de las copas de agua, el rencor enroscado en los peldaños de las escaleras que deja la estela de una oxidada pero necesaria furia. Unas balas bastante comunes mientras el Omar y yo movemos los pies al ritmo de la música pisco que apuesta por la estilizada botella. Movemos los pies sentados en la cuneta que le pertenece al Omar, mirando los departamentos enjaulados por la ardua geometría de sus metales. Había ciento veinte Tokarev 762 mm. Juntos valoramos la utilidad de los fierros en el bloque de su esquina totalmente enrejada para detener el avance de los policías flojos que no nos hieren ni menos nos matan los sábados, pero que durante su estricto horario de trabajo ya destrozaron todas las ventanas a culatazos. Ahora los hoyos aportan una nueva entretención a los niños que se asoman por los huecos de las ventanas y se aferran a las rejas, las suyas, se aferran para llorar bloque afuera porque necesitan expresarse y proclamar el infantilismo de sus pulmones. Sus lágrimas parecen mucho más sutiles y conmovedoras detrás de las rejas. Quisiera componer una música fusión, la del llanto de los niños y adosarle un impecable arreglo musical en la sala de sonido que tiene el Vladi en su departamento. Trabajar musicalmente con el Omar para imponer mi estilo, el del llanto de los niños, los barrotes y el sonido audaz de la balas. Yo entiendo la música.

Quiero llegar con el Omar hasta una música nueva, una esclavitud nueva que colme la noche de las copas de agua hasta que yo consiga bailar de manera decidida y pueda arrancarme de esta noche y de los gritos que nos desvelan a lo largo de todas las ventanas destrozadas por las culatas de las metralletas. Huir de las balas, de la música y que nos dejen, a los cuatro que somos, a los cuatro de la familia que vamos quedando, dormir tranquilos. Dormir sin sobresaltos después de tolerar los días interminables de una semana en la que no cesamos de padecer.

Había dos mil Beeman 4.5 mm.

LAS COSAS SON COMO SON

No tengo un peso. Las paredes del departamento están ligeramente curvadas por la mala lluvia que nos inundó el mes pasado. Si se viene abajo el bloque nos convertiremos en cucarachas cobijadas debajo de nuestros propios caparazones. Porque después del bloque no hay nada, nada más que la policía llevándonos en sus cucas con un ir y venir monótono que ya consume toda nuestra vida. O los autos de los tiras con sus balizas que nos impregnan los oídos y nos obligan a comportarnos como distorsionados juguetes tecnológicos. Así, balizando, nos hemos transformado en sonidos desmedidos que chillan ante una inminente detención. Las lumas ya estropearon la espalda del Omar que se ve fea, maltrecha, debilitada. Las lumas también dañaron la cabeza dura del Lucho que no puede sacar las cuentas en el cíber porque se confunde con los tiempos y no es capaz de distinguir la media hora de los quince minutos. Y porque sus cuentas no responden a la revisión diaria, ya lo echan, ya lo echan. Lo habrían despedido si no fuera por mi ayuda. Le adultero los minutos y las horas cíber y por ese servicio que le otorgo le da un tiempo gratis a mis calzones. Poco tiempo. Pero es un pacto que tenemos, porque el Lucho después del lumazo cayó en una cierta delgada confusión. Una línea agotadora de pequeños o sutiles errores que irritan a los que llegan a entregarse o a desatarse en los cubículos. Había dos mil treinta carabinas semiautomáticas Marlin 795.22 LR. El Lucho los retiene en la caja con preguntas incorrectas y los agota de sí mismos. Les cuenta su último sueño, el peor de todos, hasta que sale el Omar de su cubículo, el nueve, para retarlo y lo maltrata por hocicón. Yo no. Porque necesito al Lucho por los minutos que me regala. Pienso en los lumazos y en cuánto me favorecerían. Imagino cómo las lumas de los pacos podrían costear parte de mi vida. Minutos y horas más que suficientes porque ahora mismo no tengo un peso pero no salgo, no, pues si el departamento mojado se derrumba no sé qué podríamos hacer, quién los rescataría. ¿Qué haría yo si el bloque se despeña con toda la familia adentro mientras estoy en el cíber? Muertos o gravemente heridos o terminales. Y después, cuando devuelvan a los niños de mi hermana, cuando por fin aparezcan de nuevo los niños, ¿qué haría yo con ellos?, ¿cómo podría encargarme? o tal vez nunca los devolverían porque ellos son niños bloques y devendría un caos. Yo me debo a la familia que me queda. Me debo también a los que no podemos nombrar. Entiendo lo que el bloque entero experimenta y calla. Conozco lo que tenemos guardado detrás de las rejas. Sé cómo esquivar la arremetida profesional de los pacos y los mordiscos de los perros que estilan sus babas. Había cuatro mil doscientas pistolas Kjw Sauer P226 Full Metal. Ya no me altera la desaparicion de las sábanas colgadas en los huecos de las ventanas pues finalmente no podemos lavar porque nos sacaron los medidores de agua, pero van a volver a ponerlos, mañana o en la semana misma tendremos el medidor que nos pertenece hasta cierto punto, hasta cierto punto. Volverá a nosotros el agua y por eso, con mi mente entregada al exceso de líquidos, ahora pienso que la curva de las paredes mojadas no es determinante ni menos definitiva. Amanecí sobresaltada porque necesito plata para mí, plata para ellos y justo ahora que no tengo un peso los veo abriendo los ojos. Los tres abren los ojos y los cierran con una perfección extraordinaria. Cómo salir del departamento, me pregunto, cómo hacerlo sin sembrar la desconfianza o el terror. Mi padre se desvela de manera obligada cada noche. Como un acucioso guardián nocturno, se da vueltas y vueltas en su cama mientras espera a la policía o evita soñar con el lumazo, el que le dieron en su costado y le hizo polvo dos costillas. Dos de sus costillas derechas. Desde ese día quedó medio chueco mi papá, desnivelado, porque estaba en la calle, caminando al lado de uno de los bloques más distantes, parado afuera cuando los carabineros llegaron repartiendo lumazos justo el día en que estaban recién pagados. Llegaron corriendo con sus bototos estatales, entregados a los lumazos que nos debían por el rencor que les inspiran sus sueldos. Con la luma en alto demostraban la legitimidad de la plata que ganaban y demostraban de manera simultánea su ira ante sus bajos salarios. Había cuarenta y tres pistolas Airsoft ASG CZ 75d Compact 6 mm. Los pacos se entregaron a los lumazos porque les prometieron una acotada gratificación si demostraban el éxito en sus golpes. Los generales y los comisarios acordaron un pago más intensificado, lo hicieron justo el día en que mi papá andaba en sus asuntos, ese mismo día en que a los pacos les ofrecieron una paga extra, un sueldo más abultado. Mi papá se quedó sin respiración, no sé si las costillas se le enterraron en el pulmón. Tengo que buscar en alguno de los sitios de huesos para comprender cómo reaccionaron sus costillas al lumazo o en qué lugar se incrustó la quebradura. Pero se quedó sin respiración, fue así, fue así, mientras el Lucho que estaba abriendo el cíber cayó en la puerta como un mártir, derribado con las llaves en la mano. Aturdido el Lucho, dormido por el lumazo que le partió la cabeza de una manera rara, y ahora ostenta una canaleta o una acequia en medio del cráneo porque su daño se fue para adentro como las costillas de mi papá, para adentro. Un día funesto, un día de mal pago, el día exacto en que la esperanza en la gratificación policial volvió a los pacos locos de alegría y de odio. Había mil revólveres Taurus 85 Ultra Life. Sé que mi papá piensa en sus dos costillas, resentido por la quebradura porque no le gusta su cuerpo actual, no, y la luma le dio en su recorrido más fortuito y ahora no sale a la calle de la misma manera porque su costado se abrió a un nivel que no parecía posible. En el departamento que tenemos, con sus paredes aguadas, mi papá se defiende del miedo porque nosotros no sabemos qué día le pagan a la policía ni menos cuánto le pagan. No lo sabemos porque hay que sumar las coimas que acumulan en los bloques, las mismas coimas que les pagan a los tiras porque ellos también le cobran a los bloques por el maltrato. Los pacos y los tiras juntan así una gratificación completa. Pero eso pasa en todos los contornos de la tierra, los portales lo proclaman y está el último juego coreano que arrasa en las redes donde los tiras y los pacos del mundo se atacan con todo por las minucias que recogen de los saldos en los bloques, en las villas, en los proyect y en la aglomeración de las favelas. Con sus ganancias, los tiras y los pacos gastan sus suples en las máquinas tragamonedas, pero no todos, no todos. Mi hermana sigue enojada conmigo, herida. Dice que yo me estoy convirtiendo en algo o alguien a quien ella no conoce. Dice que tengo otra nariz, que estornudo de una manera distinta. Dice que me resfrío menos y respiro más profundo que los demás. Asegura que mi nariz la asusta y la desvela, que no duerme pensando en lo que me he convertido y se pregunta si acaso tengo mis propios planes. Había siete mil trescientos revólveres Ruger LCR cañón de 1.875 pulgadas. Mi mamá la mira con una marcada devoción por ese amor que le tiene y que la agota. Quiere convencerla de que está todo en orden, pero en parte secunda a mi hermana, me mira en una de las órbitas posibles de sus ojos como si no me conociera, como si ya no estuviera con ellos. Me observa, mi propia madre, con un matiz de agravio o de disgusto porque no tengo todavía las costillas quebradas ni el cráneo hundido. Me mira con desconfianza y miedo mi mamá pues no me ha llegado todavía un lumazo y dice que no sabe qué pienso en lo más profundo de mi nariz. Qué pienso de los tiras y de los pacos. Me dice que no sabe qué pienso de las cucas y de los colmillos fosforescentes de los perros.

La potencia de los ladridos de los perros me despierta con un miedo terrible a que entren los ratis o los pacos al cíber y me metan a la cuca junto con el Lucho y el Omar. Que me manoseen, que me violen, que me maten adentro de la cuca o que me mutilen en el interior de una tanqueta. Me aterra que después me saquen de la cuca o de la tanqueta y me boten a la basura o me dejen tirada, convertida en una buena para nada en una de las calles de los bloques y que si sobrevivo ya no sepa reconocer el camino, la escalera, las grietas, la puerta del departamento. Había trescientos rifles Stoeger Double Defense 20-GA 3. Es una sensación destructiva, apabullante, que me inunda. O que me pregunten: ¿cómo te llamai?, ¿cómo te llamai? y yo no pueda contestar por la invasión de un extenso blanco cerebral que me doble la lengua en un espasmo a causa de un pánico incontrolable. Miedo a que mi propia lengua me taponee la garganta y me ocasione una asfixia macabra. ¿Cómo te llamai? Que me lo pegunten con una voz policíaca espantosa justo en un instante álgido del bloque y de su cemento mal mezclado. Un cemento delator que me entregue al tira o al paco. O que los grupos de combate vuelen el bloque, lo dimamiten en medio de una polvareda técnica, lo lleven a su fin justo cuando yo esté subiendo las escaleras y caiga como una víctima anónima desde el cuarto piso hacia ninguna parte y ni siquiera figure en el memorial del futuro o en el jubiloso prontuario de la policía. Y entonces, en el cuarto piso destruido, se selle la última intrascendencia que me arrastre y me consuma. Hace dos días que tengo miedo. Dos días totalmente improductivos. Lentos. Dos días en que la piel se me dio vueltas. Ya no siento mi pellejo y no me he podido rozar con nadie. Había cincuenta y cinco pistolas Baikal IZH-71H 380. Mi papá salió del departamento hoy mismo, hace un rato. Salió a pesar del asombro que nos provocó a las tres que se vistiera de manera sensata con lo poco que le queda, que no se quejara de dolor alguno, que dejara la puerta abierta, caminara con sus propios pies y empezara a bajar las escaleras afirmado en la horrible baranda. Hasta luego, nos dijo. Nos miramos y nos dejamos de mirar de inmediato, presas de un sentimiento confuso en el que primaba la incredulidad ante su renacimiento y una inesperada vergüenza por sus palabras o por el acto insensible de no cerrar la puerta y dejarnos expuestas a la reja y a su cuadriculada jaula exterior. Había ciento veinte pistolas Glock 28 380 10+1 tiros, cañón de 3.46-02 cacerinas. Bajó las escaleras. Mi madre se abrazó a mi hermana y tocadas por el mismo impulso, intentaron llorar juntas. En cambio yo saqué mi celular para conseguir resguardar la última imagen de mi padre. Quería subir esa imagen a las redes y mostrar su figura enjuta pero consistente. Deseaba enterrar su salida en el cementerio visual de las redes. Mi intención era retener a mi padre, capturarlo en mi celular, pero a la vez no podía desatender la escena entre mi madre y mi hermana. Después del tiempo que necesitábamos para cursar una exagerada pesadumbre, se produjo un cambio. Tenía que salir por sus asuntos, le dijo mi mamá a mi hermana, por sus diversos asuntos que tanto conocemos. Suspiramos las tres juntas de manera sinfónica. Había setenta y tres pistolas ISSC M.22 LR. Va y vuelve, dijo mi madre. A pesar de sus palabras, las dudas nos provocaron hambre. Algo en los movimientos de mi padre, en su manera casual de bajar las escaleras me resultaba agresivo. Sabíamos adónde iba, pero eso aumentaba la feroz incertidumbre que nos provocaba la espera. Las tres nos precipitamos hasta la mesa y mi madre distribuyó el pan que nunca nos faltaba. Teníamos la misma hambre, idéntica angustia ante los panes. Comimos apresuradas y nuestra hambre se consumó en el pan, mientras mi madre nos decía con la boca llena de migas: va y vuelve. Lo esperaríamos porque ese era el acuerdo que mi madre, en las postrimerías de su autoridad, nos inculcó. Ella ya había envejecido por la ausencia de los niños de mi hermana, yo también envejecí ese día, pero de otra manera, de un modo íntimo y destructivo para mis órganos que sólo a mí me pertenecía. Pero las certezas de mi madre ya no resultaban convincentes. No conseguíamos confiar en su halo de seguridad materna, después del conjunto de catástrofes y por eso nos daba hambre y nos poníamos proporcionalmente más gordas. Las tres. Pero nuestra gordura, provocada siempre por infames circunstancias, era necesaria porque así nos parecíamos como mujeres y sabíamos que ese exceso, esa grasa y ese preciso azúcar, nos iba a proteger ante los pacos y los tiras pues nos volvíamos indistinguibles. Nos convenía ser un bloque. Mi padre no, él tiene una figura distinta. Elocuente. Su aspecto nos pone los nervios de punta porque se puede destacar mientras baja las escaleras del bloque. El sí, él sí. ¿Cómo no íbamos a padecer o a comer pan después de las bajas familiares que habíamos experimentado? Dos días sin cíber. Había cuatrocientas pistolas Walther SP22 10+1 tiros, cañón de 6. Dos días sin fricas. Mi ánimo era tumultuoso. Pensé en el pan y la pesada carga de la mandíbula. Las muelas. Los constantes movimientos de las comisuras de los labios. Mi madre, aunque era temprano en la mañana más plana del bloque, puso la caja de vino sobre la mesa, la caja de mi papá. Nos pareció necesario. Bebimos unos vasos de vino para sostener la espera. Sabíamos que tomábamos como hombres, pero lo hacíamos en representación de mi padre y por mi padre. Ensayamos un brindis tétrico porque no podíamos dejar de pensar que nos quedaríamos solas y que en esa soledad podríamos sucumbir. Terminamos la caja de vino consumidas por un silencio moderado, aunque mi hermana, que jamás aprendió a contenerse, sollozó y después se tendió en la cama asegurando que ya no le quedaban ni fuerzas ni lágrimas. Tengo el cerebro en ruinas, nos dijo. Mi madre lavó los vasos. La observé y su rostro me pareció casi normal. Yo me despedí de ellas: vuelvo luego, les dije. Pero no les importó mi salida porque toda la vehemencia familiar estaba concentrada en mi padre. Había setenta pistolas Asg Duty One Blowback 4.5 mm. Camino al cíber, el vino se me revolvió en los intestinos. Me detuve y me apoyé en un poste de luz, un poste feo, consolidado por el cemento antiguo. Recordé que no me gustaba la marca del vino de mi padre. Nada. Entonces, apoyada en el poste, levanté la cabeza y quise mirar nuestro piso, el cuarto, como si no lo conociera.

Mi idea era hacer un experimento visual a partir de una forzada distancia. Fue entonces cuando divisé a mi padre subiendo la escalera. Regresaba después de un tiempo razonable moviendo sus costillas quebradas con una desarmonía extensa y eficaz. Nada en su paso permitía entender cómo se protegió mientras estuvo alejado de nosotras, por cuáles aleros de los bloques transitó ni menos cómo le pesaron los recuerdos de sus costillas enterradas cerca del pulmón. Abrió la puerta del departamento. No fue difícil comprender la escena del reencuentro. Pude presagiar los gritos, los insultos, los golpes y el desconsuelo de mi papá ante su caja de vino vacía, las explicaciones de mi madre y los balbuceos inconclusos de mi hermana. Había diez mil pistolas Asg Combat Master Airsoft 6 mm. Me devolví para comprobar mis imágenes. Corrí hasta nuestro bloque. Subí velozmente las escaleras. Entré con toda mi violencia y me sumé.

JUSTO AL ATARDECER DE BLOQUE

Todavía no oscurece y el Lucho entra a mi cubículo
y apelando al tono de un estruendoso dramatismo
me dice: acompáñame. Me dice: ahora mismo. Sali-
mos. Deja botado el cíber. Caminamos una cuadra
y nos sentamos en la vereda. Está pálido o más pálido o más delgado. Observo los bloques y trato de
imaginarme un mundo estrictamente rectangular e
inamovible. El Lucho está intoxicado de sí mismo
y entiendo lo que necesita de mí. Después del salvaje episodio de su herida no ha dejado de mostrar un
sentimentalismo impredecible, errático. Había cien
cuchillos tácticos Ontario 216-8300. Cuéntame los
puntos que tengo en la cabeza, me ordena con una
voz disminuida. Ya te los conté la semana pasada,
tienes veinticinco. Cuéntamelos de nuevo, me pide. Inclina la cabeza y repaso la cicatriz que todavía
está enrojecida, irritada. Veo un costurón bastante

dramático y, a la vez, estúpido. Mientras le levanto el pelo que cubre sus puntos, sigo con mi dedo índice la huella de los hilos. Quiere que le mienta. Veinticuatro, le digo. ¿Veinticuatro o veintitrés? me dice. No dudo. Veintitrés. No sé si preguntarle: ¿por qué te ponís así? o ¿pa qué te ponís así? ¿Por qué te ponís así? le digo. Porque el Omar me molesta, me cansa, me desprestigia, dice. Mientras él se entrega a un pesar tolerable, sano, pienso en cómo se podrían remodelar los bloques para rejuvenecer. He buscado construcciones parecidas en las redes de arquitectura masiva y ninguna me convence demasiado porque no se ajustan al paisaje, a los colores, al tamaño, al cuerpo que tenemos. Sé que es un día triste para el Lucho. Uno de esos días en que pareciera que el cemento, las rejas y las puertas se le vinieran encima. El Lucho se conduele por su cabeza, se la toca y entonces sufre como niño chico. Nos busca al Omar o a mí o a los dos porque necesita exhibir su dolor y que evaluemos la curva de su sufrimiento. Lo sabemos. Cuando oscurezca, todo en él se va a resolver. La luz ya está cayendo. El Lucho empieza a ser el mismo de siempre, lo percibo. Escucho un flujo armónico de suspiros que lo tranquilizan y lo alivian. Había mil cuchillos Remington para desollar 218-19312. Me siento como si yo misma estuviera adentro de él navegando por su interior, invadiéndolo como una bacteria y asistiera al declive de un ciclo de angustia. Ya no volveré a entrar al cíber hoy. En dos o tres horas lo acompañaré a bajar la cortina y a poner los candados. El Omar estará adentro, molesto o furioso, no lo sé, porque cuando el Lucho se disuelve, a él le corresponde cuidar el espacio por quizás cuál arreglo que no conozco. Mientras espero afuera del cíber, el Lucho tocará la horrible puerta que reforzó el Omar para conseguir la autonomía que necesita y entonces él va a salir y le va a poner su cara más hosca porque sabe que el Lucho es distinto a él, que rehuye su posición abiertamente negativa y crítica ante la vida. El Omar va y viene por dentro. Su temperamento es oceánico. Puede gritar y después reírse o puede pasar un día entero sumergido en una neutralidad insoportable y ostentosa. Pero en un aspecto vago y muy inclasificable, los tres tenemos un carácter parecido, pero el Omar es más nítido, más compacto, desorbitado. Lo que él no soporta es que el Lucho responda siempre con una sonrisa ni siquiera falsa y no tolera que despliegue las frases ingeniosas que lo caracterizan. Porque el Lucho es abiertamente simpático. Su simpatía le consiguió la mantención del cíber y entonces el Omar y yo llegamos detrás de él. Llegamos como una unión bloque. Llegamos aunque el Lucho nos acogió de una manera neutra, conservando la cautela del encargo y nos comentó las condiciones, los precios, los tiempos pero también los pequeños beneficios si usábamos sólo su local. El Omar, el Lucho y yo tenemos la misma edad: mismo mes, mismo día, mismo año. Lo que nos diferencia es el bloque y esa distancia nos da otras perspectivas. Nos separan tres cuadras. Juntos sumamos tres bloques. Cuando el Omar va a mi bloque reconozco en su mirada la desolación. Un vacío que le clausura cualquier forma de optimismo. Lo comprendo. La infatigable decisión con la que piensa me resulta tan perturbadora que mientras subimos hasta mi departamento, tiendo a hablar demasiado y me expreso de manera precipitada. Él insiste en acompañarme hasta el cuarto piso. Me cansa subir las escaleras y mi voz se vuelve ridícula mientras hago comentarios que no me pertenecen del todo. Había dos mil navajas suizas VICTORINOX Spartan Camo. Cuando subo con el Omar siento que lo llevo al apa, que me voy a caer y que me destrozaré la cara por el esfuerzo. El Omar mira detenidamente los pasillos de cada piso. Los evalúa y los mide con un ojo demasiado demoledor. Jamás descansa su malestar. Piensa en su piso, lo sé. Piensa que su bloque es lo peor, piensa que cambiaría su bloque por el mío. Piensa que él se merece mi bloque. Piensa que es un condenado por el espacio. Eso lo desespera. Le destruye parte de la vida que su bloque esté a punto de colapsar debido al peso creciente de las rejas oxidadas. Se obstina en comparaciones deprimentes y trata de desquitarse con el Lucho que, a pesar de todos los comentarios, las caras del Omar, los modos, no se desarma, salvo el episodio demasiado personal de su cabeza que sólo a él le pertenece y que, finalmente, le ocupa poco tiempo. Los tres, el Lucho, el Omar y yo, nacimos en el mismo mes, el mismo día y el mismo año. La asombrosa coincidencia en los números que cargamos nos asusta porque pensamos en una conjunción que podría implicar las malas artes de alguna secta o los deliberados procedimientos de una organización trasnacional o una jugada estatal de los pacos para ubicarnos en el centro de sus archivos. Había cincuenta cuchillos hoja negra VALO 150 4003162. Pero la simetría también nos une. Nos obliga a pelear duramente pues los tres luchamos en contra de las fechas y sospechamos de las coincidencias. Vivimos en una constante incertidumbre, podría asegurar que el Omar es el que más comprende el cíber y agradece la oportunidad que le brinda el cubículo, aunque nunca lo va a reconocer ante nosotros. Tenemos una especie de pánico frente al degaste de las computadoras y al horizonte inminente del desuso. El Lucho bajó los precios para poder realmente competir. Los bloques miden incansables los minutos y ponen en una balanza el precio exacto en que se transa el tiempo. Los bloques conocen bien la dimensión de los cubículos, el espesor de su interior. Tenemos una cierta escala de miedo. Los tres. Nos conocemos demasiado como para engañarnos. Sabemos lo que sabemos. El Omar ya es un huérfano total. Está solo igual que la guatona Pepa. El piso de su departamento se está cayendo a pedazos y no hay plata que le alcance para unas vagas reparaciones. Al Omar y a la Pepa ya no les da para más el cuero. Yo no sé cómo pueden soportar la asfixia que les provoca el poco cuero que les queda.

Había cinco mil dagas 168-80L-15.

Los pacos ya se han parapetado. Una rabia infinita eriza sus músculos y los impulsa a ser más ágiles y más delgados que la realidad hostil que esconden sus cuerpos grasosos. Los tiras acumulan menos grasa pero tienen una estatura inferior, varios centímetros más bajos, una cabeza menos de altura o una rebanada de cráneo o la totalidad de una frente. Los tiras acezan detrás de los pacos mientras dan vueltas y vueltas por los bloques para consagrar su último operativo de control. Ellos, los tiras y los pacos, tienen unos programas computacionales ligeramente distintos para investigar nuestros antecedentes. Obtienen los antecedentes desde una sofisticada conexión con los carros policíacos. Autos espías. Estos programas de última generación los licitaron en dos compañías que mantienen una dura competencia. Eligieron dos compañías distintas para tener la certeza de que nadie impugnaría sus compras y así se repartirían en paz las ganancias. Soy una especialista en las licitaciones de los pacos y de los tiras porque tenemos que comprender cómo actúan y qué nuevos recursos han obtenido para destruirnos. Pero hoy se trata de un operativo blando revestido de una irrelevante dosis de violencia porque así lo pactaron. ¿Quiénes? No lo sabemos. Había doce miras Zip 4x24. El Omar, el Lucho y yo hicimos una apuesta peruana. El Omar aseguró que el operativo va a tardar una hora, el Lucho tres y yo digo que van a ocupar cinco horas el bloque. Yo llegué más lejos. No me importa perder la apuesta, prefiero elevar el tiempo a toda su potencia porque si las horas se manifiestan tal como son y si coincido por una vez con su abstracción, voy a ganar un tiempo gratis de cíber. Si pierdo le haré unos favores esclavos al Lucho y al Omar. No contamos con un sólo peso o, si lo tenemos, no nos alcanza para nuestros consumos y menos para los ocasionales excesos que nos permitimos. Hoy decidieron no vaciar los bloques. No los vacían porque es un operativo blando, inofensivo. ¿Cómo lo sabemos? Por los números de tanquetas, las balizas, las bombas de gas, los cascos, los garrotes, los gritos, los carros lanzaguas, el ritmo corporal que le imprimen a esta operación. Pero especialmente por los silbidos de advertencia que cruzan el cemento y que nos señalan el grado de intensidad del allanamiento. Había ochenta proyectiles de artillería de 280 mm. ¿Quiénes silban? Los expertos del bloque, sus silbidos marcan la pauta para nuestros corazones y la frecuencia de los silbidos nos recorre todo el cuerpo. Los silbidos son completamente humanos, vienen de los pulmones de los especialistas en analizar las acciones de la policía cuando nos invaden. Ellos silban la magnitud de la operación. Silban y silban. Los pacos y los tiras no saben cómo reprimir los silbidos. Miran babosamente hacia arriba como si los sonidos cayeran del cielo, como si vinieran de un Dios con sus antecedentes manchados, como si les estuviera silbando un Dios reincidente. Esa actitud es parte de la estupidez policial. Pero ya sabemos que se trata de un operativo blando, entendemos que, esta vez, los bloques van a conservar un número importante de vecinos. Que se quedarán los vecinos en sus departamentos porque ya no saben dónde meterlos, qué hacer con ellos, dónde o cómo alimentarlos, cómo vestirlos y a cuál cárcel derivarlos. Tuvimos que reconocer, el Lucho, el Omar y yo, que existe un plan curioso de repoblamiento de los bloques, una forma ilegal de ocupación en los espacios donde ya no queda nadie, un programa que estimulan los pacos y los tiras. ¿Por qué? No lo sabemos. Pero creemos que pretenden infectarnos o infiltrarnos de asombro y de inseguridad. Después de que se llevan a los vecinos, aparecen nuevas familias. ¿Quiénes son? No lo sabemos. Preferimos mantenernos lejos para precavernos y seguir con nuestras vidas. El Omar no nos ha dicho una palabra de la situación maligna por la que atraviesa. Nosotros tampoco le preguntamos. Pero creemos que la guatona Pepa y él comparten las mismas aprehensiones y que al anochecer, cada uno de ellos, se pasea por la pieza que todavía ocupan, con los ojos llorosos ante las pérdidas que no han cesado de experimentar. Pero el Omar sigue al lado nuestro, enhiesto y lleno de compromisos. Activo. Nervioso. Los tres ahora miramos desde el cuarto piso los movimientos policiales. Estamos apoyados en la baranda que mejor conozco. Desde arriba, los policías se ven como una producción animada, porque los uniformes de los pacos tienen trazos firmes que alardean su supremacía. Un estilo copiado de una bandada de pájaros hambrientos. Eso lo hablamos largamente el Omar, el Lucho y yo la noche que nos comimos unos completos. Después de una agitada conversación, sentados en el puesto de la Adela, luego de discutir y cuando ya habían transcurrido unos frustrantes minutos de silencio, el Lucho se refirió a las bandadas y al hambre. Entendimos que era así, que las bandadas inspiraban a la policía, que así conseguían mantener una cierta fama y lograban también provocar un grado de espanto ante esos movimientos perfectamente sincronizados que nos hacían escondernos en nuestros departamentos, nos obligaban a meternos debajo de la mesa cuando oíamos los culatazos y nos alegrábamos, siempre de manera insuficiente, con un destello de felicidad, en los momentos en que los silbidos crecían y sabíamos que los expertos del bloque nos alertaban porque estaban socavando a los vecinos para así mantener un nivel de producción policial. Había cuatrocientos mil cascos colombianos con red. Se ponían felices los pacos, mucho más que los tiras que se consideran inferiores en todos los aspectos. Pero ahora que sabemos que el de hoy es un allanamiento blando, miramos nuestro propio espectáculo con frialdad. La guatona Pepa termina de subir las escaleras y se para al lado nuestro. Le hacemos un espacio para que observe. Me siento feliz de que ella haya subido, que se atreviera con los peldaños, que se haya parado al lado de nosotros, que nos dijera hola, que murmurara: ya entraron de nuevo estos conchas de su madre, que mirara hacia abajo y no se mareara porque la guatona pasa parte del día acostada y ya no sabe estar de pie, que me recibiera el chicle que le regalé, que me dijera: gracias, que me preguntara por mi hermana y yo le contestara: está bien, mejor, un poco mejor, que no se burlara de la polera del Omar que es lo peor que hemos visto, que le preguntara al Lucho: y tú, en qué andai Lucho y que el Lucho le contestara: en lo mismo de siempre, el cíber, pa que me preguntai si ya sabís, que no se enojara la guatona por la respuesta brusca del Lucho que ya no la soporta, que no la quiere nada a pesar de todo lo que nos une, que la guatona repitiera: sí, en el cíber, como siempre, y que se apoyara en el cemento para seguir mirando. Me siento feliz que estemos los cuatro otra vez juntos en mi piso, el último, entre la música de las radios, los ladridos y los sonidos diversos de los celulares, cerca de mi puerta y que ellos, el Omar y la guatona Pepa toleren que al Lucho y a mí nos quede todavía un poco de familia. Había veinticinco revólveres Lebel. Un resto de familia que camina adentro del departamento, una familia que come, que respira y que nos hace la misma pregunta al Lucho y a mí en los momentos más cruciales del sonido de las balas: a dónde vai, y tú, dime, adónde, adónde vai.

UN SOLO CORREAZO

Es ella. Mi hermana amaneció hoy comprometida
en un proceso luminoso de renacimiento. Equidis-
ta de manera profana con un documental científico
que vi en torno a la pasión mutante de la crisálida
como ejemplo de superación para el conjunto más
opaco de la humanidad. Hoy nos dice que se pro-
pone explorar en el subsuelo de sus emociones, hasta fundirse con el estado de gracia que circula por
sus ligamentos y pone en alerta sus tendones. Y nos
dice, frente a su taza de té, que va a volver a trabajar en el centro. Lo dice con el pan en la boca, lo dice, mientras una porción del pan se le pega a su labio. Si logra llegar al centro, nos dice, se olvidaría
del guaracazo que le dio el paco cuando ella se sacó
la blusa y le azotó la espalda. Había quinientos rifles Remington 597 sintéticos. Un azote, uno solo,
realizado en el sector más neutro de la comisaría, un

escenario que armó un oficial para entretener a los pacos de turno que estaban abatidos por el monto irrisorio que arrojaba la última gratificación. Se trataba de saldar una cuenta que tenía con uno de los pacos. Un oficial y ella, nos dice. Así lo afirma mi hermana, una deuda que terminaría para siempre con el correazo y la presencia indispensable de los pacos de turno que veían en su espalda una posiblidad de sortear la ansiedad que les generaban sus cuotas impagas. Después mi hermana nos dice que volvió al departamento. Subió penosamente hasta el cuarto piso, se afirmó de manera dramática en la baranda, olió el bloque traspasado por el hedor a sopa y pegamento, la invadió ese olor justo cuando le latía el correazo como una quemadura en tercer grado y en los precisos instantes en que se preguntaba acerca del tipo de huella que iba a dejar la correa en su espalda. Nos dice que pensó con alivio que la marca podría resultar similar al tatuaje de un correazo. Nos dice que pensó que su espalda podría lucir menos real. Nos dice que miró su propio pie en el borde de uno de los escalones, su zapato negro desajustado en la punta, descascarado como una vieja pintura mural. Nos dice que pensó en su zapato cuando vio la punta apoyada en el peldaño de cemento. Nos dice que mientras veía el desastre en la punta de su zapato pensó lanzarse al vacío, saltar del cuarto piso, pero comprendió que aún era suficientemente fuerte y no iba a morir en la caída. Nos dice que lo pensó porque el correazo del paco no la hizo sangrar y esa falta de sangre destruyó, en parte, todo el espectáculo de la comisaría. Nos dice que la inesperada falla desplegó una estela de fracaso cuando el oficial volvió a ponerse el cinturón con una prisa desproporcionada en medio de un abierto tono de vergüenza que fue legible en su cara, en la posición escurridiza de sus pupilas y en la manera de inclinar la cabeza. En medio de una atmósfera en la que primaba la decepción él mostró la debilidad contenida en su mano de paco. Había setecientas pistolas Beretta Thunder 22. Nos dice que no sangró y eso demostró la mala administración del paco, su falta de pericia para tensar sus músculos. Había diez mil pistolas Zastava M76. Nos dice que el paco era débil aunque no inofensivo. Nos dice que pese a todo el pánico que la poseía, cuando se inclinó para recibir su castigo, adivinó que iba a resultar tolerable porque el paco no estaba en buenas condiciones y la mano iba a frenar su propia velocidad. Nos dice que el miedo que experimentaba ya estaba instalado en ella. El miedo y la sensación de que el mundo se iba a acabar la acompañaban meses antes de que le arrebataran a los niños y, por eso, cuando el oficial la hizo entrar a la comisaría para darle un azote, uno solo, así se lo repitió una y otra vez el paco, iba con un miedo conocido, un miedo que revestía sus huesos y quizás hasta impidió que la sangre saliera hasta alcanzar la cara de alguno de los pacos que estaban demasiado cerca de su espalda. Nos dice que jamás la íbamos a entender porque nosotros no conocíamos ese miedo, el de ella, el suyo, nos dice y nos dice que estaba cansada de soportar nuestros lamentos que no se comparaban con su estado definitivamente extrahumano porque en ella se alojaba un átomo de adivinación. Nos dice que antes de que se llevaran a los niños había dejado de dormir o más bien su sueño era tan accidentado que había perdido la esperanza de alcanzar una percepción clara. Nos dice que ese miedo y ese insomnio tenían una relación fatal con lo que iba a ocurrir. Nos dice, con un énfasis frío, que cuando el paco le impuso el correazo como única alternativa para no meterla al chucho, ella pensó que ya había oído esa propuesta antes, que no le extrañó en absoluto porque, en un recodo indeterminado, ya le había dicho que sí al paco, él ya la había azotado y ella conocía cuál iba a ser el resultado de su espalda. Nos dice que el paco no le dio ninguna alternativa, que era todo o nada porque ese día la comisaría entera (ella se refería a cada uno de los pacos de turno) estaba crispada por los pagos y el desdén que provocaban entre sus superiores. Nos dice que no era un plan especial en contra de ella sino más bien un azar. Nos dice que era ella la que estaba más a mano para suplir la tensión que atravesaba el turno. Nos dice que nunca se propuso ser la inmolada del bloque pues cualquiera habría resuelto el malestar que tenía a la comisaría patas arriba. Pero ella era la que estaba ahí, ella a la que se iban a llevar, ella la que estaba fichada, ella la que se iba a sacar la blusa y ella la que se iba a dejar azotar con la cabeza inclinada. Nos dice que accedió al trato que finalmente la liberó. Nos dice, sin el menor asomo de rencor, que jamás iba a terminar de entender que ese día, el día de su espalda, no hubiésemos llegado a buscarla a la comisaría. Nos mira fijamente, mientras revuelve el té con la cuchara y nos dice que cuando salió a la calle pensó que yo iba a estar esperándola. Había trescientas pistolas Beeman 4.5. Nos dice que ya no confía en nosotros, nos dice cómo subió uno a uno los peldaños con sus zapatos desastrosos, nos dice también que sus ojos se habían separado de su cuerpo y que, desde un lugar estratégico, le miraban la espalda no con lástima sino más bien con curiosidad. Unos ojos que ya no eran exactamente de ella y que, sin embargo, miraban por ella y en ella. Nos dice que aunque no estaba completamente afectada, sintió el deseo de morir, experimentó un impulso fugaz que desechó porque ya había comprendido que el cuarto piso no le servía para sus fines y que era un salto al vacío que no la habitaba del todo. Nos dice que aún antes de entrar a la comisaría entendió que iba a volver sola al departamento, que no estaríamos esperándola porque ese era el acuerdo que teníamos: cuidar de los que quedábamos, proteger al resto de la familia. Nos dice que aún así, pensó que yo iba a ir de todas maneras, pero cuando se vio sola en la calle decidió que nos iba a perdonar porque no sintió un rencor penetrante. Nos dice que no dejó de constatar que respetábamos los acuerdos. Nos dice que pensó que la historia, una que ella no conocía, había pasado por su espalda. Nos dice, mientras levanta la taza de té y la acerca a sus labios, que quiere ir al centro, asegura que va a trasladar todos sus asuntos al centro. Lo dice para infundirnos terror y lo dice para vengarse de todos nosotros.

Había cincuenta carabinas semiautomáticas Marlin 501.

UN LUNES PERFECTO

Salgo del departamento. Miro a los gatos que duermen con sus colas colgantes sobre el cemento. Aparentes, tranquilos, famélicos. Saco el celu desde el bolsillo más profundo de mi pantalón, un bolsillo especial, y me preparo para obtener un buen enmarque. Mantengo una cuidadosa y estricta colección de gatos y perros, aunque sólo me interesa el borde magro de sus cuerpos y ese espacio animal donde las costillas muestran su poder y su catástrofe. Pienso en las costillas de mi padre y me invade la tristeza pero cuando pienso en las costillas impecables de la guatona Pepa, me disipo. Hoy no estoy para dramas. Quiero dejar de lado las preocupaciones y disfrutar de la totalidad de vicios que ofrece el mundo. Pero estoy presa del cuadrante bloque y, para sobrellevar esta condición sin salida, es que decidí moverme como una gata mal nutrida en cautiverio. Había mil revólveres North America cañón de 1 5/8. Pasaré, igual que todos los días, al lado de la tanqueta. Cruzaré como si el poderoso metal de ataque y los pacos no estuvieran allí y después sortearé los tres autos de los tiras que están estacionados justo en mi esquina. Los dejaré atrás mediante un paso humilde, neutro. Más allá, lo sé, se parapetan otros y otros policías respondiendo al salario que obtienen a costa de nosotros. Comen, duermen y se ríen como imbéciles. Tienen la obligación de matarnos casualmente. El Lucho, el Omar y yo lo sabemos. También lo proclaman los líderes del silbido y mi madre ya no se asoma a la ventana del departamento porque teme ser una víctima fatal más en la cadena de indeterminaciones. Pienso ahora, en este día especial, que mantiene mi ánimo relajado y lúcido, que podríamos sobrevivir porque mi madre, mi hermana y yo, tenemos un tipo humano tan común que no somos recordadas por nadie. Pero eso me permite asegurar que mi tipo común es en realidad excepcional por el conjunto de beneficios que porta. Soy multitudinaria, estoy en todas partes, me proyecto como Dios y me amplifico dotada de una esquirla de divinidad. Pero no soy yo, somos el yo bloque que habita genéticamente en cada uno de nosotros. La policía lo sabe porque en el fondo de sus uniformes circula un halo depresivo. Los comentarios de los especialistas que trabajan en las redes aluden a los peligros de la repetición y a la estela de frustación que provoca. Eso nos salva, dice el Omar. La guatona Pepa se enorgullece de su adicción por el pan con mermelada y se felicita por la urgencia hambrienta que la despierta fielmente en las noches. Mi papá es distinto, único, eso lo saben mi hermana y mi mamá, lo sabe bien la guatona Pepa. El Lucho se esmera, con una actitud fraterna y cruel, en decirme que me prepare. Pero hoy me siento más proclive a aceptar que el mundo se venga abajo. Confío en que puedo caminar por los bloques sin asfixia y dejar de lado la tos nerviosa que se apoderó de mi pecho. Me entregaré a la nada, sin síntomas ni recuerdos lesivos, celebrando este tiempo en el que ya controlé todo deseo que no esté al alcance de mi mano. Me quiero coronar como la brizna más insignificante del bloque o me gustaría establecer, en el mal cemento de las escalinatas, la huella confiable de todos mis antecesores que se consumieron en la costumbre de sus piernas adoloridas en las escaleras. Había setecientas pistolas Kimar 92. Sé que casi no resisto el monótono subir y subir de los cuatro pisos para alcanzar una puerta de falsa madera incrustada entre los barrotes de un metal de bajo gramaje. Pero, en esta mañana, enteramente neutralizada por mi ánimo, comprendo, con una sabiduría que me alarma, que tengo la misión de representar a la parte más común de la humanidad y a la zona más repetida del bloque.

Pienso en mis fortalezas mientras camino hacia el puesto del cojo Pancho para suplicarle que me rebaje a la mitad la frica de los lunes porque tengo menos de mil pesos, tengo puras monedas de diez. Tengo apenas. Lo pediré con seguridad y aplomo, como si la totalidad del bloque le solicitara un descuento. El cojo, lo sé, mentirá profesionalmente, de manera técnica, va a decirme que cada día le va peor, intentará convencerme de que no se atreve a cobrarle a los tiras después que se comen las fricas sin siquiera darle las gracias, que tampoco le cobró al paco. No le cobré un peso ni al paco ni al tira porque me iban a meter a la cuca para robarme el horno que tengo. Eso es lo que iban a hacer. Tai loca tú, no te dai cuenta que se me perdió un kilo de carne molida, que me la robaron los pacos o los tiras o los perros que andan de un lado para otro o acaso no sabís cuánto gasto en gas. Y justo ahora me venís a pedir descuento. Tai loca. Cuánto tenís. A ver, cuánto tenís. Inmersos en la ceremonia de los lunes. El rito de las monedas. No puedo, no, empezar el día sin mi frica. Tai bien guatoncita. Y me quedo un rato sentada en la banca horrible que tiene el cojo porque yo soy doméstica como las perras y las gatas y me tengo que sentar en esa banca espantosa para comer mi frica, pues si no estoy sentada, la frica no tiene sentido. Tengo que acomodar la banca, probarla para asegurarme que está firme, sentarme porque es lunes y hoy se inicia otra semana amenazante porque se ha multiplicado la presencia de los pacos que trabajan en una dudosa operación encubierta y los tiras los secundan y se desplazan como ratones por los bloques. Había cien mil revólveres Ranger 102 mm. Se mueven medio despavoridos los tiras, alarmados ante la luz que los delata, absurdos los tiras porque no entienden que aún no estamos preparados para matarlos, no podemos porque ellos volarían los bloques y lanzarían los cuerpos de nosotros a unas inacababables fosas comunes abiertas en las acequias. Y si me llega un lumazo, me dijo la guatona Pepa cuando la invité a comer una frica, y si me aturden, me vai a arrastrar voh acaso. Tenía razón, porque ella sabía que yo la iba a dejar tirada para salvarme porque eso es lo que tengo que hacer, salvarme, pues yo soy la única que no está en la mira y soy igual a más de la mitad del mundo, a las tres cuartas partes del mundo. A todos. Pero hoy es un lunes pacífico para mí, un lunes que no va a dar origen a una situación fatal ni menos van a entrar los pacos a culatazos al departamento, con sus terribles cascos, los chalecos antibalas, las botas, los guantes, mientras mi madre se pone pálida, pálida, casi desvanecida y se hinca ante los pacos, se hinca como una feligresa ante los pacos y les pide que no se los lleven, que por favorcito los dejen, qué les cuesta, qué les cuesta, déjenmelos, a mis hijos, son míos, de nosotros, de la familia, ¿entienden?, que no ven que les sale sangre, más pálida, hincada la pobre y mi hermana se hinca al lado, se hinca llorando, abrazando a mi mamá, ese lunes infame, ellas dos, mi mamá y mi hermana con las rodillas en el suelo hasta que se suma mi papá y se hinca porque ve a sus hijos, los hermanos que teníamos, con sus caras llenas de sangre, todos hincados ante los pacos pero yo no puedo hincarme, no puedo hincarme y no sé qué hacer con mi cuerpo y con mi miedo y la lástima ante sus caras tumefactas por los golpes y esos terribles hilos de sangre que no puedo ver con claridad de dónde vienen, mientras mi madre grita y se aferra a la pierna de uno de los pacos, siempre hincada, mientras mi hermana tironea los brazos de mi mamá y los separa de la pierna del paco para evitar que le dé una patada en la cabeza y pueda matarla, puede matarla porque mi mamá ya está con el alma en un hilo, transida de desesperación y mi papá hincado no quiere ver lo que pasa, está hincado y se balancea con los ojos cerrados, con los músculos de su cara crispados, tensos y yo busco mi celu en el bolsillo, pero no me atrevo, no me atrevo porque si me ven, me dan un balazo en la cabeza, pero aprieto el celu con mi mano, lo hago en la profundidad del bolsillo de mi pantalón, mientras me apoyo en la pared, aterrada, sin poder hincarme con ellos, intentando descubrir la magnitud de los golpes en la cara, de los dos, tan parecidos que son, las caras plagadas de una sangre que cae hasta el piso del departamento, el primer día de la semana, el lunes, sin aviso, de manera súbita, los culatazos, cuando estamos tomando una taza de té y comiendo los panes de siempre. Había doscientos rifles Norinco US 12-1. Mientras mi mamá se lleva la taza a la boca, estalla la puerta y entran como locos, desordenados, sin que ninguno de nosotros termine de comprender lo que está pasando o comprendemos lo que está pasando pero no podemos creer que nos está sucediendo a nosotros, sí, que está ocurriendo adentro del departamento, del nuestro, con un bullicio que se eleva para completar un desastre y un cúmulo de imágenes aterradoras que después no van a desaparecer. Nadie se hincó. Quisieron hincarse. Fui yo la que se fue desplomando, desplomando por el miedo y la eficaz imagen de la sangre hasta quedar hincada delante de los pacos. Pero hoy es otro lunes, este lunes tranquilo, helado y tranquilo, que me permite sentarme en el puesto del cojo Pancho, comer mi frica, pagarle con un montón de monedas de a diez, pararme de la silla, irme sin despedirme enteramente del cojo y caminar por los bloques hacia el cíber para conversar con el Lucho y el Omar. Hablar poco. Lo justo y necesario porque los tres vamos a pasar este día bastante ocupados.

Había dieciséis submarinos de titanio Karp.

O cuánto miedo tengo o quién tiene más miedo o quién no tiene miedo. Se levanta un cuadrante transitorio por el que avanza una laboriosa colonia de hormigas. Buscan una vía para salir del bloque. Huyen lentamente por las escaleras porque carecen del tópico de la velocidad. Son húmedas y son secas y representan el signo más aterrador de la insignificancia. Pero ellas conocen el ras de suelo y mantienen la tenaz esperanza de encontrar una salida por abajo. Pero no hay salida porque les quedan segundos y acaso un minuto de vida. El tiempo es el elemento que sobrevuela la superficie humana para mostrar su poderoso ángulo apocalíptico. Cuánto tiempo me queda. Cuánto miedo tengo hoy. Dónde se aloja. Cómo consigue contaminar mi respiración. Respiro aire y miedo. No soy proclive a bajarme los calzones. La piel, la mía, sólo se eriza cuando espero en el departamento a que se cumpla el tiempo de nuestro despoblamiento. Los calzones abajo, las manos y los pies rozándolos para dejarlos caer al suelo. Un tiempo preciso, el tiempo sin calzones que requiero para volver después a mi bloque, para subir a mi cuarto piso con la respiración afectada o infectada por un miedo ascendente, más aún, más. Pero entre el miedo, esos minutos sin calzones, nunca más de treinta, nos sirven para que sobrevivamos y compensemos. Lo hemos hablado con el Omar, lo discutimos con una enorme serenidad. Le pregunté por la curva del miedo que siente cuando se precipita sobre su último visitante. Cuánto miedo experimenta mientras espera con la boca abierta, afectado por su oficio chupapico en cada uno de los huesos de su cara. Ya no se queja sólo de dolor en la mandíbula sino también en los pómulos. Y aunque me parece exagerado, alude incluso a los huesos de su frente y el dolor constante entre las cejas. Había mil cuatrocientos obuses D-30. Pero, a pesar de todo, no convierte su dolor en un recurso ni menos en coartada, sino más bien me lo explica para imponer entre nosotros un desafío que realmente nos permita comprender. Su miedo y el mío. El Omar me dice que sus miedos son distintos y que se producen en frecuencias que poco o nada se pueden predecir. No sé qué contestarle cuando me pregunta quién es más miedosa, si mi hermana o yo. No quiero competir con ella porque sé lo que diría y cómo lo diría, adivino en torno a quién se alinearía mi madre. Sé también que mi padre se acercaría a la ventana para mirar la vereda como si le ofreciera una nueva alternativa. No le puedo responder al Omar pero entiendo, siempre con una renovada sorpresa, que es distinto, tiene un matiz singular que nos permite poner el miedo entre nosotros, sacarlo de adentro y dejarlo por un rato en un lugar que si bien nos acecha, vagamente nos libera. El Omar nació el mismo día que yo. No queremos referirnos a ese aspecto ni menos compartir nuestras impresiones con el Lucho porque él busca alivianar su vida refugiado en una alegría que termina por perturbarnos. El Lucho evita aludir a las similitudes que tenemos. En cierto modo lo entendemos, y lo protegemos para que siga contento por un tiempo, pero sin duda que pronto vamos a pensar en nosotros tres y resolveremos por qué compartimos las fechas y para eso tenemos que enfrentar al Lucho y dirimir la corriente de miedo que circula por nuestros cuerpos. Había treinta y tres aviones 11-7690 A. Cómo hacerlo, cómo expresar esa corriente que semeja un choque eléctrico que nos despierta en la noche y nos provoca un ligero temblor en las piernas, eso lo hemos corroborado con el Omar, a pesar de que yo no soy como el Omar, no soy. Él resulta, por algunos sectores que contiene su carácter, indescriptible. Más caótico y arriesgado, más miedoso, aunque eso no lo podemos medir. Pero somos hormigas, pequeños, caminamos con nuestras patas diligentes y torcidas desde el bloque al cíber, caminamos con pasos de hormigas, sensatos, sin calzones yo, mientras el Omar muestra una displicencia admirable, socarrona, mafiosa, traficante, orillera (le duele de manera tenaz la mandíbula). El Omar jamás va a compartir sus secretos conmigo, sólo menciona el miedo cuando yo se lo propongo, asiente con su cabeza, me dice sí, pero entiendo que está dispuesto a contestar cualquier cosa, de acuerdo a lo que yo sostenga, porque el Omar está disponible para mí, me lo ha dicho, ya sabís que estoy disponible, dispuesto, totalmente. Contra el miedo o por el miedo, nos sumergimos en las redes y ocasionalmente nos encontramos, el Omar y yo. O el Lucho, el Omar y yo. O el Lucho y yo. Nos encontramos de manera súbita en las redes, en alguno de los sitios que visitamos y nos da miedo. A mí me da miedo y sé entonces que nada es imposible, que no existe seguridad alguna y que el mundo no es como lo describen. Cuando me encuentro en algún sitio de las redes con el Lucho, comprendo que ya no queda ni siquiera un milímetro de salvación para nosotros, entiendo cómo se estrechan los espacios porque no tenemos que encontrarnos, no tenemos. El miedo se expresa como una interrupción, un sobresalto en donde se suspende el curso del tiempo y no queda nada, sólo la certeza que un sentimiento de terror irregular y definitivo hace que la vida parezca invivible. O el miedo algunas veces se repliega y entonces pienso que existe una vida probable. Bajo las nubes depejadas que se divisan desde el bloque, noto que algo benéfico se extiende por mi brazo y lo mueve con una determinada armonía. Pienso que todo podría retroceder y en ese giro yo emergería íntegra en medio de un lugar que no alcanzo a definir. Siento mi saliva más dulce y tolerable porque el espacio interior de mi boca no me atormenta ni me invade la sensación de asco ante la humedad interna en que se contienen mis dientes, mis muelas y mi lengua. Había dos mil láser de doble uso UFL-2M. No me atormentan las enfermedades que porta mi boca o la boca sucia del Omar, por eso cuando mencionamos la palabra boca nos aterramos juntos, los dos, el Omar y yo, y súbitamente entiendo que el miedo se había replegado como el mar, igual que las olas del mar, para volver con más y más fuerza, una inconmensurable ola que se introduce con una violencia líquida por mi boca hasta atravesar mis pulmones. El bloque, el mío particularmente, el que yo habito, es una representación del bloque miedo, una forma gráfica que podría levantarse, hincharse, inflarse cualquier día y explotar como un tubo de gas porque la presión del miedo llegaría a niveles inmanejables y el estallido sería la única forma de consumación. Si fuera necesario yo explotaría en medio de una llamarada maravillosa y oportuna. Si pudiera desalojar el miedo de mí, lo haría ritualmente, de la misma manera que lo vi en el sitio que aludía a una ciudad singular de la India, un pueblo muy compacto y místico donde los seguidores de una religión ingenua y fácilmente cautivante, se entregaban al fuego como una señal de purificación. Se quemaban sin alarde alguno porque la forma del fin estaba estipulada después de un agudo ayuno que los había limpiado de la cabeza a los pies. El ayuno les autorizaba el fuego y acudían a una hoguera moderna con una felicidad que no me dejó indiferente. Pero no es posible, porque mi miedo es otro, no es pulcro ni menos redimible, es otro, otro, es como si la policía hubiera atravesado todas las fachadas y sus escudos transparentes se me hubieran metido adentro de la boca. Como si las fuerzas especiales de la policía corrieran directas hacia mí y me lanzaran de manera sincrónica mil bombas de gas lacrimógeno que me cegaran. Como si uno de los cuadros de choque, un policía inmenso, me disparara un balín de goma en el ojo. Pero ahora, en este preciso minuto, en el cubículo que me corresponde, me bajo los calzones como si fuera una hormiga infatigable. Me los bajo con miedo. Un miedo bastante imbécil. No sé a qué.

Había cuarenta y cinco helicópteros polivalentes August Westland AW139.

LA MÚSICA LE HACE UN HOYO A SU CEREBRO

Cuando veo acercarse al Omar con su paso cada vez más actualizado, me alegro. Me siento feliz de que circule por la calle como si los bloques se hubieran creado para él. Advierto un salto en mi pulso mientras lo observo recortado por la cornisa. Lo miro caminar y reconozco en sus piernas el estado de ingravidez que provocan los instrumentos de cuerda. Yo sigo esa música en los portales porque me calma y me beneficia. Pero el Omar no. Él no. El Omar observa con una atención perturbadora los hitos más complejos del mundo y desprecia lo apacible porque dice que no sucumbirá de antemano a la muerte. Dice que seguirá vivo pues sabe que más adelante los bloques van a estallar y nos transformaremos en una turba de fuego. Dice que se nos acaba el tiempo y por eso él no experimenta la derrota. Dice que yo lo abrumo. Dice que la expresión tensa que mantiene una cierta rigidez en mi cuerpo invita a la claudicación. Dice que él va un paso más adelante que cada uno de mis pensamientos. Había dos mil quinientos vehículos blindados Ris (Lince). Que conoce, dice, parte importante de mis sensaciones, pero que a pesar de la insostenible posición que adopto mi razonamiento es, en gran parte, válido y exacto. Pero que él jamás va a aceptar mi razonamiento. No. Dice que es hora de que me resigne porque lo que más temo va a suceder y debería concentrarme en reorganizar mis fuerzas. El Omar habla con una superioridad que nos preocupa, nos altera al Lucho y a mí. Sus palabras marcan una distancia con nosotros hasta convertirse en una mera maniobra con la que él se recubre. Pero sabemos que cada día para él transcurre entre el fracaso y el enigma. Yo no rebato ninguna de sus ideas y opiniones para evitar una discusión sin salida. El Omar va y viene. Va y viene. Su desplazamiento es admirable porque lo sostiene la música que ocupa parte importante de su cerebro. El Omar es adicto a un tipo de música intensa y desorganizada. Una música ocasional que no genera impacto en las redes aunque él la considera como la única creación capaz de perforar los espacios. Yo no. Yo no. No puedo entregarme a la música porque estoy demasiado atenta a los sonidos del bloque y no quiero distraerme con otras armonías. Es tarde. El Omar camina y camina para despejarse de la atroz noche que acaba de sobrepasar. Camina porque no soporta la planicie en la que atravesó la oscuridad más repetida de su departamento. El Omar los extraña. A ellos. A los suyos. El vacío que le dejaron. Ahora él se detiene frente a mí y me dice que tuvo un sueño realmente caótico. Dice que en su sueño entraba a gran velocidad un contingente masivo de policías que encerraba a los bloques por los cuatro costados. Había cincuenta sistemas antisatélites Krona. Dice que se trataba de un encierro que había sido automatizado mediante rejas virtuales. Unos barrotes inmateriales, ¿entendís?, dice. Algunos policías, dice, los que tenían un grado más alto en el escalafón, los oficiales, quebraban la física porque caminaban por las paredes, pero cuando llegaban a los pasillos del cuarto piso rugían como animales prehistóricos. Dice que esos rugidos le recordaban algunos sonidos del gorila King Kong, el nuevo juego coreano que nos gusta. Pero no era exactamente ese sonido, no, dice, porque parte de los ruidos tenían una nota inédita que no se podía rastrear en los pentagramas y eso los volvía aún más espectrales e incomprensibles. En esa nota perdida se reconocía un eco que se remontaba al principio de los tiempos. Después, los oficiales de policía y los comisarios de los tiras, emitían sus órdenes desde los techos. Dice que algunos tiras volaban, con la torpeza de las gallinas, a una altura baja, insignificante, buscando a sus víctimas porque ya se había decretado el día del juicio final para los bloques. Pero en los bloques no habitaba nadie más que él y yo. Sólo nosotros. Había noventa submarinos antinucleares Vladímir Monomaj de cuarta generación. Ante la dimensión del ataque nos parapetábamos debajo del mesón de un departamento que no conocíamos. Dice que sabíamos que en ese departamento se procesaba una cantidad impresionante de sustancias de las que querían apoderarse los pacos y los tiras para hacer una reventa universal. Dice que nosotros, él y yo, éramos los dueños o los administradores, eso no lo recordaba con claridad, de las sustancias y por eso la policía nos rastreaba de manera desesperada. Dice que a pesar del peligro no nos entregábamos al terror sino que, con una calma extraordinaria, nos refugiábamos debajo del mesón que no era exactamente real sino más bien un espacio leve e indeterminado. Dice que por los altoparlantes repetían una y otra vez nuestros nombres mientras los quiltros bloques ladraban su temor. Dice que durante gran parte de su sueño las imágenes no tenían el menor realismo porque los pacos a ratos se empequeñecían y luego se desencadenaba en ellos un programa de crecimiento sin sentido. Dice que en su sueño yo no tenía la misma cara, era otra y sin embargo era yo: tú sabís cómo son los sueños, entendís lo que te digo, ¿cierto?, dice. Y dice enseguida que en un momento del sueño, cuando el peligro se precipitaba, nosotros juntábamos nuestras cabezas para que fueran atravesadas al unísono por la misma bala. Mientras el Omar me relata su sueño, pienso que eso fue lo que en algún momento acordamos: que si los pacos entraban al cíber o nos apuntaban mientras subíamos las escaleras del bloque íbamos a morir juntos, uniendo nuestras frentes. Pero ahora el Omar parece no recordar nuestro acuerdo y no lo relaciona con la imagen de su sueño. Dice que de pronto todo se desconfiguraba y aparecía una nube que entorpecía la visión. Dice que después de la nube el sueño cambiaba porque aparecíamos los dos en la calle mientras una turba bloque nos ovacionaba fervorosamente por nuestros méritos. Dice que en medio de los vítores irrumpían los tiras y se acercaban a nosotros bailando melodías tropicales. Dice que estábamos rodeados de tiras bailarines que movían desaforadamente sus caderas mientras todos los habitantes bloques se burlaban del espectáculo policial. Dice que él y yo estábamos molestos por la interrupción y que no sabíamos cómo enfrentar ese momento. Dice que en esa parte del sueño teníamos los cuerpos plagados de hematomas y lucíamos demasiado desfallecientes. Había quinientos misiles supersónicos. Dice que estábamos encogidos, que se nos abrían de manera laxa los labios y teníamos ladeada la cabeza. Dice que parecíamos bultos humanos porque habíamos recibido unos lumazos que nos tenían al borde de la muerte. Dice que en el sueño una rata se detenía en medio de la calle y que la policía la reconocía como uno de los suyos. La rata estaba intoxicada pero aún así era capaz de oler el entorno cuadriculado. Dice que en el sueño pensaba en mí y trataba de protegerme de las oleadas tóxicas que emanaban de la rata. Dice que era una rata tecnológica y formaba parte de una nueva experiencia de caza, que estaba allí para transmitir una forma de infección masiva que liquidaría a los bloques. Dice que después de la rata aparecía una proyección digital en un compacto plagado de noticias ininteligibles que eran emitidas en una lengua nórdica. Dice que en el veloz desplazamiento de las imágenes era posible reconocer las fotos de nuestro fichaje, pero que en medio de la catastrófica situación corporal en la que nos encontrábamos apenas conseguíamos reconocernos. Dice que el sueño nos sacó de allí porque cambiaba otra vez el escenario y estábamos sentados en un sillón de su departamento, pacientes, mirando por la ventana porque afuera se había abierto un orificio en el cielo, una especie de hueco que nos parecía normal, atractivo y lleno de posibilidades. Había diez mil quinientos veinte cazas SU 358. Pero no era el cielo, no, dice que más bien era un telón o una tela de plástico extendida para prevenir las caídas. Dice que en realidad se trataba de una malla que estaba allí para proteger los cuerpos de los policías que se balanceaban en unos increíbles trapecios. Dice que se había armado un tremendo circo policial en el cielo y que los pacos les habían usurpado los saltos mortales a los tiras. Dice que cuando se decidió a cerrar la ventana ya la malla había desaparecido. Dice que de ahí en adelante no recuerda nada más. Dice que despertó con la sensación de un agudo cansancio pero que cuando piensa en el sueño entiende que carece de orden y de sentido. O que tiene un orden perverso, letal, dice. Dice que eso lo desespera porque no comprende qué pasa por su cabeza para acumular tanta basura. Dice que no consigue descifrar qué lugar ocupaba yo en su sueño porque sólo parecía un lastre que él tenía que cargar. Dice que yo no aportaba ningún alivio ni menos una solución a cada una de las situaciones desesperadas por las que atravesamos. Dice que él tuvo que tomar cada una de las decisiones y adelantarse a la dirección de las balas. Dice que parte del fracaso que cruzó todo su sueño se puede entender desde mi total falta de iniciativa. Dice que lo irrita mi presencia en el sueño porque ahora entiende que era yo la causante del pánico ambiental que recorría los espacios. Dice que reconoce en mí a la rata detenida en el medio de las calles de los bloques. Había siete mil doscientos misiles balísticos intercontinentales emplazados en ferrocaril. Mientras el Omar dice que cualquier día le roba una pistola a uno de los tiras para meterse una bala en la cabeza, yo me esfuerzo por mantenerme cordial o entusiasta porque el Omar atraviesa por una situación grotesca que lo disminuye y lo avergüenza. Pero no sé si debo soportarlo porque mi noche también fue especialmente absurda y no paré de soñar con balas que se derretían. Pero no le contaré todo, no puedo darle los detalles porque se pondría furioso. No. Cuando yo desperté, le digo, tenía la boca amarga como si hubiera chupado un montón de pistolas oxidadas.

EL LULO

Había cinco mil cazas SU30 SM.

Cómo sacarle más plata a mi media hora en el cubículo. Estoy con los calzones abajo, moviéndome arriba del lulo, sentada encima del lulo, crucificada de adentro, de espaldas al hombre, mientras mi mente no me da tregua ahora que intento brincar de la manera más convincente posible para encajar con las embatidas del lulo. Miro fijamente en la pantalla la imagen de una enorme mariposa que tiene una tonalidad amarilla, un amarillo intenso que la consagra como insecto pero también la debilita porque su amarillo es voluble, un amarillo que va y viene por el aleteo, un amarillo que se despliega y se repliega y no termina de fijarse. Ya van diez minutos que me muevo arriba del lulo. Sólo lo haré por cinco minutos más porque todo tiene un límite en esta vida. Eso aseguró mi hermana ayer y después se rió y dijo que era una estupidez, una porquería de frase, una frase de monja o de loca porque a ella, así me dijo, los límites no le servían. Dijo que pagaba una suma exorbitante por seguir viva, por respirar, por sonarse los mocos y pagaba por el dolor en el cuello y pagaba, siguió diciendo con la respiración demasiado acelerada y fue en ese preciso momento cuando ya no soporté más su voz de mártir y la dejé hablando sola. Había ochocientos cazas SU 358. Llevo diez minutos exactos sentada arriba de un lulo que se clava adentro de mí como si recibiera el impacto de una sucesión de balas de alto calibre, una y otra, una detrás de otra, sentada, mirando la mariposa y su aleteo tecnológico, un aleteo falso, decorativo, mientras de manera creciente me duele, me molesta, me amenaza el lulo. Un lulo duro, raro, marcial, terrible el lulo y pienso que la pastilla está vencida. La píldora que nos pasó el Lucho en la mañana: una para mí y dos para el Omar. Aquí tenís, me dijo, te la tomai y se te pasa todo, pa que no te quejís, ¿entendís? Y tú también te tomai una, o mejor te tomai dos tú, le dijo al Omar. Dos mejor, le dijo, porque se nota que no podís cerrar la boca y te veís raro así, te veís mal, ¿entendís? Nos entregó tres pastillas. Las sacó del cajón que tiene cerca de la computadora. El Lucho quería socorrernos y por eso nos regaló los remedios. Yo me tomo una en la mañana y otra en la noche, nos dijo. El Omar miró las pastillas que tenía en la palma de su mano derecha, se tocó la mandíbula y asintió con la cabeza, gracias le dijo. Había dos mil misiles antiaéreos S 400. Yo también dije gracias porque el Lucho estaba tratando de ayudarnos. Tómate dos, le dijo al Omar, pa que se te cierre la boca. Tú te tomái una no más, me dijo. Pero no me hacen efecto porque están vencidas, pienso. Con una urgencia literal mido el tiempo pues ya han pasado más de diez minutos, once casi, mirando a la mariposa que aletea con la misma intensidad que las puntadas de dolor que siento mientras me entierro el lulo. La mariposa fue sólo una técnica que quise poner en práctica. La saqué de un sitio de sanación que aseguraba que el dolor no era exactamente real. Decía que el dolor no existía en sí mismo sino que formaba parte de la imaginación humana y que requería de un esfuerzo mental para ahuyentarlo. Sólo se necesitaba, así lo afirmaban en el sitio, algo preciso que cambiara el foco destructivo por un elemento poderoso que permitiera escabullirlo. Un elemento exacto: una imagen, un recuerdo, un olor que fuera capaz de ingresar nuevas sensaciones que neutralizaran el malestar. Me pareció sincero ese sitio, completamente posible y le creí. Por eso puse en la pantalla la mariposa. Fue una imagen que me pareció anestésica por su constante aleteo. Pensé que si me hacía una con sus alas podría evitarme a mí misma, huir, salirme de mí y dejarme afuera con todo el dolor por las clavadas del lulo. Pero la mariposa me falló porque lo que nunca pensé fue que la mariposa incentivaría mi dolor con sus alas que se movían amarillas tal como yo me muevo amarilla encima del lulo. No me imaginé que la mariposa iba a estimular mi dolor y la técnica resultaría un tremendo fracaso. Había novencientos satélites polivalentes de nueva generación. Me gustaría que este hombre que está sentado detrás de mí, el hombre del lulo, me hiciera cosquillas para conseguir una distancia entre mis costillas y el dolor. O que me rascara la cabeza o me rascara la espalda. Me quedan minutos de lulo y después voy a guardar los mil pesos en mi bolsillo. El bolsillo con el que camino de un lado para otro aterrada ante la posibilidad de que un tira o un paco me robe los billetes que he ido ahorrando, que tenga que entregarles los billetes y las monedas a la policía para cumplir con las coimas que nos acechan a cada instante en las calles del bloque y que me quede sin un peso y no pueda recibir a los niños. Porque me retumban los niños, hablan en mi cabeza, pelean, me gritan, sobrevuelan mis ojos con angustia, lloran a través de mis lagrimales y están siempre en los bordes de mis estornudos. Los niños. Me gustaría que cuando los devuelvan, ellos, los dos, se encuentren con algunos regalos o unos dulces, no sé todavía qué sería los más oportuno para esa ocasión. Tengo que festejar la vuelta de los niños, así se lo he dicho a mi hermana, al Omar, se lo dije al Lucho. Le dije a mi hermana: cuando nos entreguen a los niños voy a hacer una fiesta en el departamento, tenemos que invitar a varios de los niños del bloque y ella, mi hermana, me miró de una manera que me dio miedo, pensé que me iba a morder una mano o que me mordería la cara, porque ella ya lo ha hecho más de una vez de manera artera e impulsiva, ajena a las marcas que me deja y completamente indiferente a mi dolor. Había cuatro vehículos de combate aerotransportado BMD-4. Por eso me doblé como si nunca hubiera dicho nada. El Lucho dijo que sí, que estaba bien, pero que me quedara callada. Me dijo que por favor no hablara de los niños, que ya estaba bueno, me dijo, de oír tantas estupideces. Quédate callada, me dijo, hasta cuándo hablai estupideces. Era un día especial, un día en cierto modo infantil y yo extrañaba a los niños o había soñado con ellos o en el bloque los habían nombrado o se me habían quedado pegados en alguna parte engomada de mi cerebro. El Omar, en cambio, se puso a reír. Se rió de mí y después se sobó la mandíbula porque ya no se puede reír él pues está medio inválido por su boca chupapico. Pero, aún así, se rió cuando le hablé de un agasajo para los niños y se burló. Yo sentí entonces que el mundo que quedaba disponible se llenaba de pacos y de tiras hasta rebalsarse y que en el fondo, en el espacio inferior del mundo, las tanquetas se oxidaban y las cucas se quedaban atrapadas. Vi en su profundidad toda la chatarra universal de la policía y comprendí que esa chatarra no estaba discontinuada del todo sino que permanecía en estado larvario. Decidí entonces que ya no iba a mencionar a los niños. Que hablaría o dejaría de hablar, pero que nunca iba a permitir que los niños volvieran sin que yo estuviese preparada y para eso tenía que guardar mil pesos día a día. Decidí también que todo valía mil pesos, mi dolor, el lulo valía mil, el Lucho mil y el Omar mil y yo valía mil pesos. Doce minutos de dolor. Tengo que buscar otra imagen, lo sé, voy a hacer un recorrido muy exacto por los sitios hasta anular el dolor que me provocan las clavadas del lulo. Tengo que encontrar una imagen fija, lenta, opaca. Una imagen parecida al instante en que me despierto, cuando abro los ojos en medio de una ausencia que carece de límites y soy sólo un espacio informe, un mundo entero que radica en mí. Si pudiera reproducir esa sensación y conseguir una imagen correcta sé que cada una de las medias horas dejarían de significar y no sería necesario untarme la crema que compré en la feria y meterme mis propios dedos para curarme las heridas que me causa el lulo y así conseguir dormir de un envión en la noche. Ponerme la crema que me recomendó el Omar, me la recomendó el Lucho, me la recomendó mi hermana porque mi mamá se la compró para ella. Pienso en mi papá y me dan ganas de llorar porque sé que ya no pega un ojo pensando en los tropiezos que tiene la familia, que se da vueltas en la cama con un cuidado japonés para no despertar a mi mamá que duerme y duerme sobresaltada a su lado, algunas noches con hipo, otras con tos o con los estornudos que le provoca la alergia, mientras él se desliza a su lado como un bailarín pensando en los que ya no están. Los nombra y los repasa y no sabe si la culpa de las pérdidas la tiene él o mi mamá. Guardo los mil pesos en mi bolsillo. Pongo la palma de mi mano en la pantalla y tapo la imagen de la mariposa. Más tarde encontraré una imagen o un suceso o un recuerdo que me permita arrancar del dolor que me provocan las clavadas del lulo. Cuando esté sana, miraré al Omar a través de la ranura.

Había mil misiles Pantsir-S.

SE ESTÁ BAJANDO EL CIERRE DE LOS PANTALONES

Es la hora del lulo.

El sonido rrrrr del cierre.

El cierre abajo y el lulo en condiciones. Ahora sólo tengo que clavarme. No debo rechazar al lulo, no quiero pensar en su humedad y menos en su condición elástica. No puedo rebatir la importancia de sus mil pesos en todo el contorno de mi cuerpo o en el transcurso de mi vida pues su vaho influye hasta en el impulso mecánico de mi pierna cuando subo la escalera con la bolsa. La misma bolsa que llevo al cíber y que después la lleno hasta la mitad con el pan que compro en el almacén. Un kilo no más porque ahora somos menos. Sí, consumimos menos y menos todavía mi papá que está convertido en un torbellino maligno con nosotras, enojado, irónico, despectivo. Me da miedo, dice mi papá, salir, atravesar los bloques, mirar para atrás. Nos confunde su actitud melindrosa, mi mamá cree que está enfermo, que se ha contagiado de una gripe o que tiene tuberculosis, o que ya le fallan los nervios y le repercuten en la cabeza. Había cincuenta sistemas de reconocimiento global MR15. Yo sé que a mi padre ya le cuesta demasiado el bloque y que no puede enfrentarlo como antes, que sus costillas quebradas lo demolieron, que las busca en sus sueños y que cuando se ve en el espejo no entiende qué ha pasado con su cara y piensa que en cualquier instante, mientras se mira en el espejo, va a aparecer a su lado la cara de un tira. Ya no soporta el asedio de los tiras que se suceden por todas partes. Me dijo: están en todas partes. Y es así. Había cien mil helicópteros Mi-28N Cazadores Nocturnos. Pero él piensa que lo buscan a él, sólo a él y en eso se equivoca aunque lo buscan, sí, pero con la misma obsesión que a todo el cuarto piso. Ese mismo anochecer, el Omar nos dijo al Lucho y a mí: yo corro entre los bloques y el chucho. Lo dijo cuando ya llegábamos a mi departamento y el Lucho se hizo el sordo o no se hizo el sordo pero no quiso decir nada a pesar de que la voz del Omar estaba quebrada por el odio y la lástima. No dijo nada el Lucho, ni una sola palabra de consuelo o de comprensión, no dijo nada de nada pues no quería hablar de los viajes del Omar para cumplir con el horario de visitas. El Lucho se negó a ser considerado con el Omar porque en cierto sentido ya sabía que el Omar no esperaba nada de nosotros o no quería que le contestáramos. Si decíamos una sola palabra iba a mostrar una hostilidad que el Lucho ya no soportaba. Yo sé que él no quiere decirle nada al Omar porque comprende que sólo busca pelear con nosotros para desahogarse. Sí, desahogarse porque la plata no le alcanza para financiar los gastos que tiene. Cada vez más gastos porque la poca familia que le queda no deja de exigirle una y otra cosa y eso lo tiene desesperado o lo tiene cansado y dice que no quiere ir nunca más a verlos, dice que no cruzará una ciudad que es desconocida para él, dice que no emprenderá un viaje que le resulta interminable, dice que no hará la fila en la calle, una fila larguísima de más de una cuadra, una fila ruidosa, vibrante por los gritos, la impaciencia o la rabia de los parientes o la risa de los amigos. Dice que no entrará a la cárcel y dice que no pasará los controles de los gendarmes. Unos gendarmes que parecen disfrazados debido al absurdo diseño de sus trajes y a los cuerpos fracasados que tienen. Unos gendarmes siempre agresivos cuando lo palpan y lo revisan y le abren cada uno de los paquetes. Dice que no entrará más al descascarado patio de visitas, dice que no saludará a la familia que le queda ni les entregará los encargos, dice que no se reirá con ellos de sus chistes, dice que no saludará a los otros reos, como los llaman los gendarmes, dice que no escuchará a la familia que le queda contar siempre las mismas anécdotas, dice que no volverá a anotar sus encargos ni a oír sus quejas ante las cantidades de comida que les lleva, dice que no escuchará con asombro y terror cómo le exigen más. Había tres mil veinticinco fusiles Kalash AK-12. Dice que no volverá a su departamento a consumirse en la angustia que conoce mientras piensa que la familia que le queda es insensible, aprovechadora. Dice que no pasará una noche más encarcelado por su propio insomnio, sumergido en la soledad, dice que no repasará más la ausencia y el amor que le tiene a la poca familia que le queda. Mira al Lucho esperando un comentario, pero el Lucho no le habla porque está pensando en otras cosas, está ausente el Lucho y no sé qué le preocupa o qué planes está poniendo en marcha en su cabeza, pero aunque está totalmente ido, nos sonríe porque así es su carácter, nos sonríe sin sonreír realmente y el Omar parece a punto de estallar, pero no lo va a hacer porque ya cumplió con la ceremonia de sus quejas y yo en este preciso instante tengo que olvidarme del Omar, de los gendarmes, del pan, de los encargos, del terror que tiene mi papá para concentrarme en el lulo y distribuir todo mi potencial saltarín. El ruido del cierre metálico anuncia que el lulo y yo nos vamos a poner en marcha. Sé cómo tratar al lulo o no sé cómo tratarlo pero funciona, funciona. ¿Por qué acertamos el lulo y yo? o ¿cuándo aprendimos a acertar el lulo y yo? O más bien ¿acertamos el lulo y yo? Estas son las preguntas importantes o tontas o estériles que me hago en las noches, algunas noches en el largo tiempo del desvelo. Resulta difícil afirmar o negar o mantenerme en un mediano equilibrio. Pero una parte de mí conoce las crispaciones del lulo y sabe cómo manejarlo, sí, manejarlo con la misma pericia o desgana o rutina o ausencia con la que se alimenta a un animal doméstico. O igual a como jugaba distraídamente con los niños de mi hermana. Eso significa el lulo, unos minutos que me reportan mil pesos, los mil pesos que recibo en monedas o en un billete doblado o arrugado, mil pesos que guardo y que llevo en mis cuentas. Pero existen días medio tenebrosos en los que no puedo asegurar nada. Ahora mismo, mientras el cierre rrrrr nos pone en marcha al lulo y a mí, no sé bien qué es lo que vale mil pesos, si el lulo o yo. Porque podría ser posible que el lulo costara mil pesos, no yo, no yo. Que yo costara menos de mil pesos. Me siento arriba del lulo y comienzo. El cíber está completamente tranquilo, sólo se escuchan ciertos ruidos tolerables o sutiles desde la calle. Había sesenta y cinco mil cazas MIG-29. Si no me asustara, si no me doliera tanto, si no tuviera que subir y bajar con furia, con un ritmo cada vez más frenético, ridículo, hiriente, no estaría melancólica ni menos descontenta. Pero lo que me reconforta y me llena de esperanzas es que en algunos momentos excepcionales el universo me acompaña en mis movimientos. Porque cuando me muevo al mismo ritmo del planeta, antes de que transcurra un minuto, los mil pesos ya se han consolidado.

LAS REJAS NO SON TODAS IGUALES

Se desencadenó una verdadera pandemia de policías que pretenden extenuar los bloques. En medio de un paisaje enardecido nos penetran enjambres de cascos, de armas de servicio y el caos ante la posición amenazante de las lumas. Los uniformes de los pacos tiñen de verde el paisaje. El verde paco provoca un curioso efecto óptico porque el cemento de los bloques semeja un bosque nativo o un camuflaje que sirve como fachada para ocultar la realización de un juego de guerra chino. Estamos infectados de policías y ya estoy contaminada porque tengo una tos que me parte la espalda. He tosido a lo largo del día y no dejo de pensar que mi enfermedad la ocasionó el agua tóxica que lanzan los carros o las nubes irrespirables que esparcen las bombas. Pienso en los químicos. Toso y pienso. Toso y pienso en las extraordinarias faldas asimétricas que vi ayer en el portal.

No estoy segura si podrían acomodarme. No sé cómo luciría la falda en el bloque ahora que la policía hace lo que quiere o dice lo que quiere o se deja caer sobre nosotros como quiere. Había cuarenta misiles intercontinentales Voevoda. Pero la falda, realizada con una nueva tela sintética que ha puesto a prueba a los laboratorios, me da vueltas en la cabeza. Mientras me remece la tos vienen a mi mente, a la manera de una sucesión de cascadas, las faldas armadas mediante unos cortes insólitos que no termino de comprender. Las faldas mostraron una intensa renovación de la moda porque la asimetría terminó por anular el prolongado dominio de la simetría. Ese fue el aporte que su diseñadora, de origen japonés, presentó durante la semana de la moda en Lima. Aunque las imágenes fueron opacadas por una mala puesta en escena parecía obvio que los auspiciadores deseaban poner de relieve la fibra y limitar la potencia del corte, pero no lo consiguieron. No. Cuando miré el desfile numeroso e ininterrumpido de las modelos que mostraban en la pasarela el encadenamiento de faldas, entendí que se había producido un suspenso en el curso de la moda mundial. No seguí pensando pues salí del sitio porque ya se habían desatado la tos y mi malévolo dolor de espalda. Pasamos una noche agotadora en el departamento, ninguno de los cuatro que quedamos dormimos por culpa de mi tos y por las ruidosas carreras de los pacos que atravesaban una y otra vez los cuadrantes de los bloques. Lo bloques son todos iguales. Cuatro pisos. Escaleras de cemento. La misma medida para cada departamento. Treinta metros. Una medida invariable. Sólo la diversidad anárquica de las rejas marca la diferencia. O nos humaniza, como señaló uno de los vecinos. Las rejas nos humanizan, dijo. Mientras terminaba su comentario, en el preciso momento en que dijo la palabra humanizan, se desencadenó una risa desenfrenada en mi hermana y esa risa molestó al vecino a tal punto que la insultó y yo no pude sino defenderla ante el hombre. Había diez mil cazas supersónicos MIG-31. Pero la defendí con las mejores palabras que encontré. No sentí hacia él una rabia sincera porque pensé que mi hermana fue demasiado lejos cuando provocó al vecino, al nuestro, al del departamento de al lado, el que mejor resiste la ocupación. Pero mi hermana, que ya no conseguía entender la mayor parte de los sucesos ni las causas de nuestras miserias, se burló del vecino más completo que tenemos y de esa manera se esmeró en malograr la relación. Mal día. Mala hora. Mala su risa. Pero a pesar del descalabro, yo defendí a mi hermana de los insultos del vecino porque si no lo hacía nos volveríamos más débiles. Más aún. Pilila, le dijo. Mugrienta, le dijo. Y le dijo inmunda. Nuestro vecino ocupó palabras comunes, vacías. Mi hermana no dejó de reírse de una manera agobiadora.

Atorrante, le dijo el vecino. Tuve que intervenir para impedir que se precipitara el escándalo y entré con mi hermana al departamento. El departamento, de treinta metros, tiene una pared que reproduce un infernal símil de ladrillo que aturde a mi madre pues no sabe qué hacer o cómo comportarse frente a un muro relativamente granulado que ya perdió su color, un muro inquietante, sin fortaleza alguna, una muralla que perturba la vista porque sus líneas le resultan agresivas. Mi madre, en su aflicción, mira las líneas y no las soporta, porque el falso ladrillo puede llegar a ser devastador para ella. Aunque no comprendemos a cabalidad su rechazo, a cada uno de nosotros nos altera esa pared sólo por la desesperación que le provoca a mi madre. La policía ya ha hecho hoyos en los ladrillos granulados. Los hizo en el tercer piso, los hizo en el primero y seguramente cuando vuelvan a entrar en nuestro departamento nos terminará de arruinar la pared que queda. Había un millón de misiles de base móvil Topol-M. No quiero seguir tosiendo porque la policía sospechará de nuestra puerta. Una serie de pacos va a entrar a culatazo limpio y nos van a apuntar con sus armas terribles. Sí, nos van a encañonar porque mi tos los va a atraer hacia nosotros y si matan a mi hermana yo no sabría cómo soportar su falta o nunca viviría de la misma manera después de ver a mi hermana tirada en el piso de linóleo café. Pienso que los pacos no masacrarán a mi hermana aunque comprendo por qué me lo imagino. En el curso de una noche reciente, que ahora me resulta premonitoria, soñé que la mataban mientras yo divisaba fugazmente su asesinato. Era testigo de una escena terrible y lateral en la que ella, a pesar de todo, me sonreía. Sí, me sonreía en medio de un instante confuso e irreal porque yo no sabía si ya estaba muerta o iba a morir. Mi hermana estaba emergiendo a la superficie desde las escaleras de un túnel del bloque en los momentos de su muerte. No fue un sueño sino la violencia de la pesadilla la que me provocó un cruel insomnio de cinco horas. Mi madre, cuando intenté describirle las imágenes de mi sueño, me ordenó, sí, me ordenó que me callara. Cállate, me dijo, con su voz más amenazante. Cierra la boca. Pero yo quería contarle porque sentía que si hablaba del sueño lo anularía. Mi padre se alió con mi mamá y tuve que ceder y tragarme sola el terror. Mientras los pacos corren o suben las escaleras crepitando su odio, recuerdo el sueño. Había treinta mil cazas de quinta generación PAK FA. Me da pánico que el paco, un oficial que vi en la tarde, el más alto de todos, el que tiene una calvicie avanzada, entre al departamento y mi hermana se ría de él. Se ría de miedo o se ría porque quiere que la maten. Que la asesine cualquiera, el paco más alto o el vecino, la maten porque ella ya está agotada o sobregirada de angustia ante las sospechas que provoca y por el escarnio recibido. Hace dos días que experimenta intermitentes ataques de llanto y de risa. Como si necesitara de sus ruidos o no pudiera contenerlos, los usa para restablecerse como madre, ambos, el llanto y la risa. Los utiliza para compensar así su pena, la que le dejaron los niños. Sólo mi madre la soporta con su amor pavoroso. En cambio cuando ya todo parece demasiado en el interior de nuestros treinta metros, mi papá y yo conseguimos odiarla. Mi padre es considerablemente delgado y tiene un determinado tipo distinto a nosotras. Siempre parece medio ausente, distante, ajeno al mundo. Mi padre es singular porque resulta inviable y no calza enteramente con las sombras geométricas del bloque. Desde luego que ha envejecido, pero por la forma y la actitud que lo caracterizan se mantiene paradojalmente inamovible. Comprendo que es mi padre pero no sé por qué encabeza nuestra familia. No entiendo en qué parte de su mente lo destruye la realidad bloque ni tampoco puedo inferir qué sentimientos alberga hacia nosotras, las mujeres de la familia que vamos quedando. Me pregunto con una frecuencia molesta cómo vive su notable disgregación. Y pienso también en sus hijos hombres, los hermanos que tenía y en cuánto lo alejaron de sí mismo después que todo ya se consumó. Pero sé que es mi padre y sé también que somos lo último que tiene, más allá del desprecio y los sentimientos de conmiseración por él mismo que lo pudieran invadir. Sé que no duerme en las noches, sé que está completamente tenso, sé que pende de un hilo. Sé que yo soy para él lo más parecido a un hijo. Sé que me teme. Sé que pronto va a morir.

Había mil bombas E.

Había quinientos treinta Láser THEL.

Me dice: no sé cómo sobreviviremos a los ladridos inacabables de los perros. El Omar está convencido de que la única posibilidad de resistir es provocarnos una razonable e indispensable sordera. Me dice que leyó, en uno de los sitios que visita, cómo los bombarderos más calificados se someten a una intervención médica con el fin de estropearse los tímpanos. Me dice que a los pilotos les perforan los tímpanos para que puedan anular el dolor a los oídos que les provoca la altura aunque pierden parcialmente la audición. Me dice que, de esa manera, consiguen los mejores resultados frente al estruendo de los bombardeos. El Omar es fanático de las guerras. Cree fielmente en la veracidad de las batallas y en los relatos que las enaltecen. Yo no. El Omar me dice que deberíamos perforarnos los tímpanos, me dice que busquemos una forma artesanal, me dice que la sordera nos aliviaría la vida que nos queda, me dice que el tímpano es la parte más estúpida del oído, me dice que nos destruyamos los tímpanos para no oír de manera nítida los ladridos de los perros que están más enardecidos que nunca porque los policías los aturden a lumazos o les disparan directo a la cabeza pues los animales les muerden las piernas. Había dos mil cuatrocientos fusiles CAR 15. Sí, es completamente certero lo que señala el Omar. Es verdad que los perros les muerden las pantorrillas a los pacos y a los tiras cuando perciben animalmente que van a ser atacados. Los perros ya enloquecieron de hambre y de rabia y por eso ladran de una manera increíble. Ladran con una persistencia que denota una fortaleza incomprensible o un poder orgánico inclasificable o una porfía orgánica o una característica orgánica que sólo a ellos les pertenece. La historia universal de los perros está recorrida por la agitación. Su acontecer, plagado de anécdotas, funciona como un conjunto de sentencias sociales de máxima utilidad que no cesan de circular por las redes con una profusión que terminó por naturalizarse. Los perros nos ladran día y noche y ejecutan una sinfonía demoledora, trágica, que está allí para actuar como un decorado fónico que se suma a las peleas, los gritos, la música y los golpes que contienen los bloques. Los perros tienen sus columnas bastante curvadas y eso les otorga una silueta singular, hundida, igual a un cordel para tender ropa demasiado gastado. Pero esa hendidura los define como perros bloques o perros columnas. Debido al mal estado general de los huesos que tienen, a su hundimiento considerable, ya se generó una raza secundaria que no está contemplada en los manuales ni menos en las estadísticas que se publican en las redes. Había mil trescientos fusiles finlandeses Valmet M62. Salvo imágenes aisladas, los perros bloques, los más ladradores del mundo, no existen para los especialistas o existen sólo en el interior de nuestro oídos. Estamos parados en la calle, en la esquina del cíber, conversando con el Omar, mientras los perros nos ladran desde todos los puntos cardinales. El bloque se inflama de ira y el Omar, que es moderno y melancólico, se estremece mientras me dice que parte del día piensa en qué hacer, cómo sortear los gritos de los vecinos o sus espantosos aullidos nerviosos o las radios discordantes o el ruido de sus fiestas o el sonido de las pisadas maníacas del departamento de arriba. El Omar vive en un segundo piso. Vive en un piso verdaderamente crítico porque, en el contexto del bloque, su ubicación es la peor de todas. El segundo piso está marcado por una cantidad de problemas insuperables que jamás dejan de resonar. En cambio, el último, el cuarto piso, el de nosotros, el de los cuatro que vamos quedando, es considerablemente más sensato a pesar del cansancio de las escaleras o del peligro anímico que provoca la altura. Había ciento veinte mil fusiles ARM calibre 7.6x 50 mm. Pero la situación excepcional del cuarto piso es obvia. Se trata de entender las geometrías más básicas que contienen los espacios. Pero el Omar no se resigna a comprender las condiciones generales de los segundos pisos y sigue ensimismado en sus observaciones. No entiende que todos los habitantes de los segundos pisos de los bloques están cautivos por la perversión sofocante de la arquitectura. Él se siente el gran protagonista de la realidad y lucha por sobresalir, eso lo afirma el Lucho cuando dice que el Omar necesita toda la atención del mundo, que su ser es disconforme y no se rige por el sentido general ni menos por las lógicas que nos invaden. Le creo. El Omar me agobia con el análisis detallado de los ladridos y la pronta consumación de la sordera. Pero yo sé cómo tratarlo y sé también qué creerle porque el Omar es experto en música y también se ha especializado en los matices de la alimentación. Es moderno y especialista. Nunca deja de lado sus observaciones acerca del valor proteico de las legumbres bolivianas que se comercian en los bloques. Aunque hoy no quiere hablar de sus materias ni menos de sus aficiones. Con su cara enfebrecida o agripada o torcida me dice que siempre lo asombran las carreras súbitas por las escaleras. Dice que a esas carreras no les encuentra el menor sentido. Dice que no quiere rendirse ante los llantos de la guagua de uno de sus vecinos. Dice que algunas veces piensa que está enloqueciendo. Dice que no entiende cómo la música puede grabarse en su cerebro a pesar de la tortura sónica masiva que experimenta. Dice que investiguemos juntos la ruta de nuestra próxima sordera. Dice que la junta de vecinos número treinta y dos está aliada a uno de los grupos de fuerzas especiales de los pacos y que ambos, la junta y los pacos, lo tienen a él en el centro de sus operaciones. Había seis mil doscientos fusiles AK 47. Dice que pretenden desalojarlo de su departamento porque quieren entregarle sus treinta metros a una familia de los sin casa que le pasan datos a la policía. Dice que es verdad que por ahora le sobran veinticinco metros pero que esos metros, veinticinco para ser muy exacto, dice, están en reserva hasta que la familia que le queda, salga del chucho y vuelva al bloque. Dice que piensa que los gritos y los ladridos de los perros forman parte de un plan riguroso de la junta de vecinos que tiene una marcada obsesión por los metros cuadrados. Dice que la junta número treinta y dos, de corte paramilitar, mide metro a metro la densidad humana en los bloques e incluso consideran ritualmente los centímetros. Había cuatro mil cuatrocientos fusiles M4 A1 5.56x45 mm NATO. Dice que su padre fue uno de los gestores de esa junta pero que sus antiguas conexiones no le han servido para nada. Dice que existe una fuerza siniestra que desvía todos los ladridos hacia sus treinta metros. Dice que no lo mire con cara de sospecha, dice que no entiende por qué todavía habla conmigo. Dice que cualquier día me pegan un balazo por imbécil. Dice que va a entrar a su cubículo. Dice que le va a pasar pestillo. Dice que está apestado. Dice que deje de hacerme la enferma. Dice que por favor deje de quejarme. Dice que no ladre. Dice que no me haga ni la perra ni la víctima. Dice que se va a encerrar antes de su hora chupapico para pensar cómo vamos a provocarnos nuestra próxima sordera.

Había un millón de aviones de combate F22.

Las computadoras están colapsando. El técnico del bloque dice que tiene un dolor de muelas que le arruina la vida. Cuando el Lucho va hasta su departamento para que revise las computadoras le dice que no. El técnico le dice que no tiene fuerzas, que le duelen dos y hasta tres muelas, que ya no duerme por el terrible malestar. Le dice que tiene sueño. Que está cansado. Dice que las computadoras están obsoletas, gastadas, inservibles. Dice, repitiendo como un pájaro amaestrado, que no va a salir de su departamento porque está adolorido y su vida es un verdadero martirio. Que todo pasa por su boca, dice. Pero el Lucho piensa que se trata de un pretexto, que no le duele nada. No le duele nada, dice. Y dice que el técnico forma parte de una conspiración con los pacos o con los tiras para cerrar el cíber. Es un soplón, dice el Lucho, no sé si de los pacos o de los tiras o quizás es un soplón de los pacos y de los tiras, de toda la policía, dice. Está seguro que la policía quiere aislar a los bloques para tragárselos. Dice que los celulares ya no funcionan porque programaron el fin a los contratos que mantenían las antenas. Te dai cuenta de que ya no tenemos señal, dice. El Lucho tiene razón. Mi mamá, mi papá y mi hermana están desesperados y yo misma no sé qué hacer. Todos los habitantes de los bloques hemos caído en un estado de estupor ante la crisis de los celulares. La ausencia de las llamadas que nos alegraban la vida con su diversidad de estilos, ahora nos empujan a un silencio anormal. Había setecientos fusiles SA-80 785mm. Y justo cuando no funcionan los celulares, las computadoras del cíber están lentas porque se están cayendo aceleradamente las conexiones. Estamos consternados el Lucho y yo. El Omar con su conciencia fatalista, dice que la policía está cumpliendo con las decisiones acordadas por los numerosos servicios de seguridad. La guatona Pepa se nos acerca con su acostumbrada falsa indiferencia para preguntarnos si nos funciona el celu. No, le dice el Lucho, no funcionan porque estamos sin antenas, ¿acaso no sabíai? Y entonces la guatona dice que lleva horas tratando de comunicarse, dice que necesita hablar de manera imperiosa con algunos de los suyos, con su papá, dice, que está en un lugar que no puede decirnos cuál es para no delatarlo, en un lugar lejano e indeterminado, y dice que las únicas palabras que le parecían importantes en su vida pasan por su celu. Dice que ahora se le va a olvidar hablar. Dice que quiere comerse mil choripanes, dos kilos de azúcar, tres mil hamburguesas. Dice que el resto de la familia que le queda le manda cada vez menos dinero. Dice que tiene miedo. Dice que la poca plata que le envían se la van a quitar los tiras. Dice que está segura que los tiras le intervinieron el celu. Dice que tiene un hambre constante, que se muere de hambre y que cada mañana se desata en ella el deseo de comer mil pollos. Había cuarenta Sistemas de Apoyo Robótico para Infantería MULE. Me comería mil pollos y trescientas empanadas de queso o quinientas de pino, dice. Me comería un asado de vaca en la punta más helada de la cordillera de los Andes, dice, un asado de lomo o unas ubres muy asadas, casi carbonizadas, dice. Y dice que no le gustan ni los pescados ni menos los mariscos No me gusta el marisco, no me gusta el olor del marisco y por eso ni se me ocurriría conocer el mar, dice, pero a mi mamá sí, ella sí quería y la guatona se pone roja, muy roja, presagiando un estallido, porque se acuerda de su mamá que ya murió, que ya murió. El Lucho, el Omar y yo no sabemos qué decirle, cómo calmar su hambre y entendemos bien a la guatona porque el Lucho, el Omar y yo también comeríamos lo mismo que ella, comeríamos más que la guatona porque nos gustan los mariscos y algunos pescados, no todos. Pero nos tenemos que controlar para estar cómodos en los cubículos porque apenas cabemos y yo tengo que comer menos, cada vez menos porque no quiero quedarme afuera del cíber como la guatona que ya perdió su espacio. Sí, cada vez tenemos menos hueco y el Lucho necesita más y más medias horas para que el cíber no cierre. Pero es evidente que el local va a caer en unos días o en un mes porque las computadoras están lentas y los tiras y los pacos hacen rondas y algunos entran a los cubículos de manera disimulada, pero nosotros los detectamos de inmediato porque el lulo de ellos es distinto, muy distinto al de un carabinero, al de un detective. Había trescientos misiles teledirigidos HAWK, SM2 láser aerotransportados. Yo siento el lulo y pienso: este es un tira. Y el Omar también lo reconoce en el lugar más experto de su boca. Eso lo hemos hablado bastante, tenemos un análisis exacto del lulo de los pacos y del de los tiras. No es lo mismo el lulo de un paco que el de un tira, son opuestos. La humedad se manifiesta en ellos de diversas maneras. El lulo del paco es rápido, con un ritmo siempre vertical, tan vertical que da risa, pero yo contengo mi risa para que el paco no me vaya a pegar. Me aguanto mientras el lulo sube y baja, sube y baja en medio de un ritmo rígido pero no marcial, sino más bien obediente, sumiso a su propio empuje, siempre el mismo hasta que chorrea tranquilo y con cierta austeridad. Pero los tiras tienen un movimiento medio circular que se manifiesta tal como si alguien estuviera revolviendo con una lentitud exasperante el azúcar en una taza de té. Cuando detecto ese movimiento, sé que estoy sentada encima del lulo de un tira, sé que no me va a pagar, sé que si reclamo o si lo miro duramente podría sacar su pistola y matarme, sé que me pegaría un puñete en la boca, sé que me tiraría del pelo, sé que me daría una patada en el estómago, sé que trataría de sacarme un ojo, sé que he perdido media hora de trabajo y trescientos pesos. Qué haré, me pregunto, ahora que las rondas se intensifican si sólo entran pacos y tiras a mi cubículo. O qué haremos el Lucho, el Omar y yo si se les produce una necesidad obsesiva, abajo, en sus lulos, mientras dan vueltas y vueltas para inmovilizar a los bloques. A la guatona Pepa se le heló el cuerpo por la caída de los celulares, dice que tiene frío, tengo frío dice, me voy, dice y me imagino que se irá a su departamento con la derrota impresa en todo su cuerpo. Subirá a su departamento, abrirá la puerta y se sentará en el sillón de su padre y sacará de su bolsillo la marraqueta que siempre la acompaña y se la comerá sin pensar en la marraqueta sino en la insensata falta de conexión de su celular. Había quinientos treinta y dos misiles supersónicos Khrizantema-S. La conexión que le permite constatar que la poca familia que le queda está viva. Ella sabe que están vivos porque el sonido del celu y la voz que reconoce de inmediato le otorgan la certeza que necesita para no caer derribada por un tipo de angustia espesa que a veces la oprime. La voz de ellos es lo único que le da sentido y una fugaz alegría. Sabe, porque está sentada en el sillón de su padre, que el departamento fue un sitio común pero le cuesta rehacer ese tiempo repleto de cuerpos. Ante los episodios que ella lucha por atraer al sillón, se impone el vacío, como si ese vacío fuera el único tiempo memorioso del departamento y de su vida. Siente que aunque consiguiera recordar de manera fotográfica algunas escenas familiares, ya no le pertenecen y le resultan distantes o directamente ajenas porque desde la desaparición material de la familia sólo existe ella y son sus movimientos cotidianos los que recuerda para soportar el siguiente día. Un día que se sostiene siempre en el anterior, en las rutinas vacías y necesarias en las que sobrevive. Ella y el vaciamiento de su memoria. Por eso sólo existe con intensidad en el sonido del teléfono que la conecta con una voz sin cuerpo o con el cuerpo de los matices de la voz como si una forma de mundo sin cuerpo estuviera allí para sostenerla. Siente que no son importantes los contendidos de las palabras sino esa voz que aparece para ella, para preguntarle cuánta plata necesita para esa semana y dónde tiene que buscarla. Siempre lo mismo, la impaciencia o la violenta ira ante su pedido y un impostado asombro ante la cifra que ella le da: es que no te llenai con nada tú, te la pasai comiendo, por eso gastai tanto, hasta que termina la llamada y ella vuelve a pensar en qué es lo que les ha pasado, qué sucedió en realidad para vivir de esa manera y después se sumerge de lleno en una modorra hambrienta, siempre con su celu en la mano. Había cinco mil doscientos dispositivos acústicos de largo alcance LRAD. Y qué va a hacer la guatona sin teléfono o qué vamos a hacer todos ahora que las computadoras están lentas, difíciles, incómodas y que todo indica que estamos llegando a la desconexión y que sólo quedamos la guatona, el Lucho el Omar y yo esperando que se produzca un milagro, que desaparezcan los tiras y los pacos, que cambie el clima que reluzcan los bloques y que el paisaje renazca y vuelva a funcionar con toda su magnífica potencia.

UN VECINO DEL CUARTO PISO

Estamos sentadas alrededor de la mesa. Mi madre está serena y está ordenada. El orden y la serenidad que adopta para contenerse. Es la actitud que tanto le conocemos antes de que se precipite en el caos. Estamos sentadas tomando nuestras tazas de té y comiendo de manera casual, aleatoria. Había mil quinientos treinta y dos fusiles M16 A2 con miras ajustables traseras. Mi madre dijo en cuanto nos sentamos a la mesa: ahora quedamos tres mujeres. La noticia corrió por los bloques con la antigua potencia de un tren de carga y fue el vecino más antiguo quien se encargó de informarle a mi madre. Mi hermana y yo escuchamos cómo mi madre se levantaba de la cama para abrirle, oímos los sonidos bajos de las voces y ella, después de cerrar la puerta, emitió un suspiro profundo o algo parecido al umbral de un quejido. Después escuchamos los pasos de nuestra mamá en la cocina, el hervidor de agua, los panes y su voz llamándonos. No nos sorprendió. Lo sabíamos. Las tres. Pero yo ahora me siento más herida o alterada o más enojada y tengo que evitar que ella se dé cuenta y me culpe y estalle el departamento. Porque cuando mi madre explota es realmente estrepitosa. Sus gritos atraviesan todo el cuarto piso y los vecinos enervados también chillan o suben hasta el paroxismo la música y nos duele fatalmente la cabeza. Pero hoy pueden aceptar los gritos de mi madre y respetar sus insultos. Es un día de duelo para nosotras ya que la poca parte del mundo que nos queda se nos vino parcialmente abajo. Había dos mil quinientos dos fusiles FAMAS F-1. Mi hermana y yo oímos al vecino decirle a mi madre que un tira o un paco se llevó a mi papá, no se sabía con exactitud cuál de ellos, dijo. Y dijo que la noticia era confusa pero que se lo habían llevado, dijo, con bastante violencia, se lo llevaron a empujones, le pegaron uno o dos puñetes, dos combos, dijo, le pegaron unas patadas, lo golpearon bastante en el suelo, le sacaron sangre de los oídos, dijo. Mi madre escuchó, se despidió del vecino, después cerró la puerta y caminó hasta la cocina conmovida por la multiplicidad de pensamientos que la asolaban. Pensó, eso lo sé bien, que mi padre era la figura más decisiva de su vida aunque no entendía por qué. No sabía cómo habían formado una familia pues mi padre le resultaba ajeno la mayor parte del tiempo. Ella sentía, y eso siempre lo comprendí con claridad, que una parte de sí misma no concordaba con su propia historia, que su mundo se había organizado dándole la espalda y a menudo se preguntaba qué la unía a mi padre pues no tenía la menor idea de quién era él y por qué habían compartido una suma de años que le parecían infinitos y estériles. Sin embargo, la noticia que el vecino le había dado era funesta porque se desencadenaría, a partir de esa mañana, la obligación de extrañarlo pues había desaparecido el desconocido que habitaba con ella. Mi madre tuvo la fortaleza de ir a la cocina y esperar que emergieran sus sentimientos y se estabilizaran. Ese fue un tiempo clave para las tres. Cada una de nosotras estábamos laceradas por emociones veloces que nos confundían y nos fragmentaban. Sabíamos que había ocurrido lo que hacía tiempo estábamos esperando y que esa tensión, la de la espera, había llegado a su fin. Experimentábamos una forma desviada de alivio que jamás íbamos a reconocer y que, sin embargo, estaba alojada en nuestras emociones. Pero, a la vez, la realidad de la noticia iba a demolernos porque el derrumbe de la familia seguía su proceso y ya sabíamos cómo concluiría nuestra historia. Mi madre miró a mi hermana y le preguntó si se sentía bien, ¿te sentís bien?, le preguntó. Había siete mil cuatrocientos veintiocho fusiles Beretta Rx4 Family.

¿Cómo creís que me siento? le contestó ella. Pensé en mi padre. Sabía lo que le iban a hacer los pacos. Estaba segura de que se lo habían llevado los carabineros. Quise vaciarme la cabeza para no generar imágenes destructivas, pero no podía, las imágenes llegaban a raudales sin la menor contención. El departamento pesaba sobre nosotras y nos causaba una grave opresión. Mi hermana dijo que se iba a acostar un rato, un ratito, dijo. Ya estaba llorando y se retorcía las manos. Quedamos solas mi madre y yo sin saber qué decirnos. Después de un silencio que parecía necesario, me dijo que iba a salir pero que volvía luego, me dijo que yo me quedara para acompañar a mi hermana, me dijo que teníamos que comportarnos y no demostrar nuestros sentimientos ante los vecinos porque si lo hacíamos se iban a aprovechar de nosotras, me dijo que era fundamental anticiparnos a la conducta que iba a tener el bloque y que debíamos esquivar sus actitudes, me dijo que cuando saliéramos del departamento teníamos que vernos relajadas, corteses pero nunca amistosas, me dijo que bajáramos con cuidado las escaleras, me dijo que era mejor que no saliéramos. Había veintinueve fusiles FN SCAR L(1). Hoy no, me dijo. Me dijo que si salíamos, los del cuarto piso, los del tercero y hasta los del segundo se iban a ensañar con nosotras por callejeras, me dijo que teníamos que estar de acuerdo en todo porque nos necesitábamos, me dijo que los tiras y los pacos ya nos habían incluido en la lista más actualizada, me dijo que el vecino se lo había informado en medio de un siniestro susurro, me dijo que todo el cuarto piso pensaba que con suerte estaríamos una semana más en el departamento, me dijo que no me preocupara de la plata porque ella la iba a conseguir, me dijo, levantando el tono de su voz, que no sabía cómo nos íbamos a mantener ni menos qué haríamos para protegernos de la policía que se había empecinado con la familia, me dijo que mi padre tenía la culpa por su descuido imperdonable y que seguramente ya nos habría delatado, me dijo que se quería morir porque estaba agotada de tanto sufrimiento, me dijo, con un tono violento, que yo no las entendía a mi hermana y a ella, que yo era terrible, insidiosa. Me dijo que cada vez que me miraba me encontraba igual a mi papá y eso no lo soportaba. Había dos millones de fusiles de asalto FN2000. Me dijo que prefería que los tiras me llevaran a mí y así ella podría quedarse sola con mi hermana, que estarían tranquilas, me dijo, porque ellas sabían vivir juntas. Me dijo, mientras abría la caja de vino, que le pasara un vaso, me dijo que si yo quería vino sacara un vaso para mí pero que se iba a tomar sólo un sorbo por respeto a mi papá, me dijo que se iba a tomar uno, dos o tres tragos de vino para pensar con claridad porque ahora todo pendía de un hilo y ella se había convertido en la responsable del departamento y de nosotras. No tú, me dijo. Me dijo que no pensara que yo iba a mandarlas a mi hermana y a ella, que eso no iba a suceder porque jamás lo aceptaría, me dijo que me conocía bien, que podía leer mis pensamientos, me dijo que estaba demasiado cansada y no sabía de dónde iba a sacar fuerzas para soportar los llantos de mi hermana y el conjunto incomprensible de su comportamiento. Había mil quinientos fusiles FAL extra cortos del SAS. Me dijo que por favor la ayudara, que estaba débil, que le daba vueltas el departamento en la cabeza, que estaba mareada de terror, que le tenia miedo a mi hermana, me dijo que me quería, que no podría vivir sin mí, que me cuidara pues como me parecía a mi papá podrían caerme encima los tiras, toda la policía, me dijo que teníamos que pensar juntas una salida para las tres que íbamos quedando, me dijo que cómo se había atrevido mi padre a abandonarnos y en ese instante, cuando mencionó el nombre de mi padre, coincidieron con una exactitud escalofriante mis lágrimas y sus gritos.

Se me fue el alma del cuerpo. Tengo un desorden nervioso que palpita a través de uno de los músculos de mi mejilla derecha que salta, que salta por la pena o la angustia o el aviso implacable de que no se detendrá nunca la pesadumbre y aumentará hasta que ya no sea posible contener la violencia muscular y estalle mi cara. Había diez mil vehículos acorazados Merkava. Mi padre ahora le pertenece a la muerte. Pienso en el Omar. Pienso que él podría aminorarme como en algunas tardes de los años pasados cuando me mostraba su lulo y yo me preparaba calzones abajo para sentir un goce siempre extraño, invasivo. Un goce que transcurría en mí pero sin mí. Sólo el Omar o sólo con el Omar era posible porque su torso estaba en la misma línea del mío y él no me pedía nada ni me impedía nada y yo le dejaba todo el espacio que necesitaba para unas exhalaciones que recorrían sus vértebras una a una hasta que se detenían en el último hueso que sujetaba su cabeza y entonces se entregaba a la paz. Me puse frenética cuando descubrí que podía multiplicarme en pedazos que semejaban juegos de moléculas en fuga, biologías diezmadas, fragmentos de gusto que se partían en un viaje diverso. No eran mis vértebras como le ocurría al Omar, no, para mí era una suma incalculable de pedacitos, divisiones de divisiones de divisiones que iban de abajo hacia arriba hasta la desaparición de los contornos. Había en esos años o en ese año un acercamiento total con el Omar aunque siempre tuvimos el cuidado de mantener la simpleza. Pero llegaron los tiras y los pacos, se produjo una intervención policíaca apoyada por las aspas de un helicóptero, se estacionaron las cucas y las tanquetas, rompieron una cantidad considerable de rejas de los bloques y después los pacos y los tiras se repartieron la merca. Los tiras se guardaron una cantidad mayor de sustancias y los pacos no han cesado de vengarse. Había cinco mil quinientos agentes nerviosos Serie V. El Omar se quedó solo y nos entregamos a una actualidad sin sentido, al día a día, a mis medias horas, nos sometimos al Lucho que nos vigila y nos cobra. Pero no es necesario recordar o recapitular o arrepentirse. Mi padre ahora estará muriendo por los golpes, ya habrá muerto. Siento que algo de él me entró a la cara y se enredó en mi mejilla que late y salta y muestra lo alterada que estoy y el bloque lo va a advertir y la guatona Pepa hoy estará más conforme porque pensaba que mi departamento era una injusticia, que las voces, los movimientos, el sonido de las tazas, el agua corriendo eran una agresión para ella y el rencor no la dejaba dormir. Pero ahora cómo dormiremos las tres que vamos quedando, me pregunto, en qué momento sentiremos que somos tres y que de todas maneras importamos y tenemos que acostumbrarnos al departamento, volver a empezar y ensayar una manera de vivir. Ya estará muerto. Le salía sangre por la nariz. Se tragó un anillo. Tosió. Dejó de latir. Su corazón. Mi mamá y mi hermana fueron a dar una vuelta: no podemos respirar aquí adentro, nos ahogamos, dijeron. Estarán caminando alrededor del bloque, mi madre habrá puesto su brazo sobre los hombros de mi hermana o irán tomadas de la mano. Silenciosas. Mi hermana no se secará las lágrimas y dejará que escurran desde su cara hasta su ropa. Estará cansada y un poco rígida. Sentirá que puede desvanecerse porque un pedazo de su cabeza tiende al mareo. Sacará la pastilla de su bolsillo, la que le compré en la feria y la morderá hasta tragársela. Había mil quinientos agentes defoliantes A230. Le resultará amarga y dura. Pero esperará con paciencia el efecto para que se acabe la angustiosa sensación de que algo irremediable pasará por su cuerpo y le llegará a la cabeza hasta que todo, absolutamente todo desaparezca ante su vista. Mi madre le exigirá que vuelvan al departamento, mi hermana se negará y pedirá una extensión, un ratito más, dirá, pero mi madre, le señalará la tanqueta y le contestará que no quiere dejarme sola, hablará con disimulo sin levantar la voz pero con un tono firme para marcar una autoridad que mi hermana obedece porque la conoce. Entonces emprenderán la vuelta con la certeza de que más tarde tendrán que salir de nuevo porque mi hermana se quejará de agobio o del cansancio o de un estado pulmonar que la supera. Saldré con ellas. Caminaré a un costado de mi mamá pensando en qué haremos con el cuerpo muerto de mi padre, su cuerpo masacrado por la policía. Le voy a pedir al Omar que investigue en los bloques sin correr demasiados riesgos. La policía espera que lleguemos a la morgue para meternos chucho adentro, empujarnos a los calabozos. Pero el Omar es un experto estratega y va a conseguir una solución. Vuelven al departamento. En cuanto cruzan el umbral de la puerta, mi hermana me abraza y me aprieta con todas las fuerzas que le quedan como si quisiera fundirse en mí o deshacerse en mí. Había cien mil doscientas armas binarias Novichok. Sus brazos me rodean a lo largo de un tiempo que me resulta interminable hasta que me muevo con una extrema delicadeza y consigo separarla. Se murió, le digo. Se murió, me pregunta y cómo sabís tú. Lo sé, le digo, se murió. Mi madre se sienta en la silla. Me mira con un marcado rictus reprobatorio, por qué no te calléi. Y cómo sabís, me repite mi hermana y mi madre, cállate, cómo sabís, a ver cómo sabís, cállate, cállate y quisiera volver al cíber, correr al cíber y enterrarme un lulo, cualquiera, sentada adentro de mi cubículo y dejarlas solas en el departamento, abandonadas a los treinta metros que nos asignó el mundo, los treinta metros despoblados de la familia que fuimos, dejarlas solas para pensar en mi padre y sus últimos pensamientos cuando se vio enfrentado a los pacos y a sus botas y al puño en la boca, cómo no le iban a quebrar uno o dos dientes, dos dientes, la sangre saliendo por boca y nariz mientras caía al suelo sin desangrarse del todo, botado en el suelo, de costado, mientras la bota del paco le seguía quebrando las costillas sanas y por fin el lumazo que le cerró los ojos o no le cerró los ojos, pero no tuvo más visión. Cerró los ojos. Sí, cerró los ojos, porque el golpe fue definitivo, como si se quebrara la cáscara de un huevo. En esa proporción. El golpe no podía sino matarlo. Cómo iba a resistir la velocidad de una luma que venía desde lo alto, directo a la cabeza, mientras al paco le relucía la nariz por la coca nieve que todavía resultaba atractiva en el borde del labio superior. Había un millón de gases asfixiantes cianofórmicos. La coca le dio toda la fuerza que necesitaba el paco para destrozar el cráneo de mi papá e interrumpir para siempre su visión. El paco con la nariz brillante, como si la tuviese encerada o fuese a estornudar de una manera grotesca. Sí, el paco que estaba completando el día bloque más sobresaltado del mes. Me gustaría que estuviera el Lucho con nosotras, ahora mismo y nos contara uno de los chistes que sabe para poder diferir este día. Un chiste de animales o de borrachos, un chiste cualquiera de los que recolecta en los portales y después repite hasta que le pedimos que se calle, cállate, me dice mi madre, o no le pedimos que se calle pero no podemos reírnos más porque tenemos nuestras medias horas y el Lucho nunca sabe cuándo dejar de contar chistes porque son una obsesión para él, una verdadera epidemia que lo invade y no puede, no puede parar hasta que el Omar le da un grito y entonces recobra algo parecido a la compostura y sonríe de manera anémica, lo hace para conservar el hilo de la fama que tiene, la leyenda de su simpatía que saca de quicio al Omar. Pero yo lo soporto porque cada uno de nosotros somos como somos y no tenemos vuelta atrás. No hay vuelta atrás, le dice mi madre a mi hermana, ninguna vuelta porque le destrozaron su cabeza con una inmensa luma.

AL CABO DE UN MES

Había diez millones de esporas de Antrax.

El silencio de los celulares me enloquece. Un mes ha pasado ya desde la salvaje ausencia de mi padre y ni un solo día conseguí llorar tranquila porque sabía que nuestro dolor era el único sonido poderoso que podía entretener al bloque. Los ladridos de los perros provocan una forma de desesperación colectiva y desde los departamentos les lanzan piedras a las jaurías que van y vienen, van y vienen trasladando su hambriento ocio animal y la costumbre de olfatearse mientras siguen ritualmente sus paseos por los cuadrantes. Les tiran piedras o botellas vacías sobre los lomos curvados. O les gritan a través de las rejas o les lanzan agua caliente. Quieren ahuyentarlos, pero no se puede, no se puede. La policía ha tomado una decisión irreversible. Los tiras, cansados de interceptar nuestros teléfonos, ya derribaron las antenas. No tenemos señal. Se produjo un ambiente sonoro intolerable debido a los celulares desactivados, oscuros. Muertos los celulares. Había cien millones de agentes incapacitantes BZ. La radio suena mal. La música desentona o desafina y ya no cautiva porque falta el acompañamiento de los diversos sonidos de los celus. Bajo las escaleras, camino al cíber pensando siempre que es el último día, que el Lucho no va a levantar la cortina porque ya no existen las computadoras. No están porque se las robaron o porque el servidor falló o porque sencillamente se agotaron. Pero entro al cíber que se ve parcialmente en ruinas, observo mi cubículo con la sensación de que no me pertenece y que ya no tengo un lugar en el mundo o que se está acabando el mundo o que formamos parte de un experimento científico social del que no tenemos noticias. Espero en el cubículo la media hora que me impuse mientras busco un sitio nuevo que me recomendaron pero nada consigue alejarme de la modorra. No puedo llorar en el cíber pero tampoco puedo reírme. El Lucho intenta mantener su presencia afable y una fuerte esperanza, pero yo sé que está desolado. Lo asusto. Me dijo, me dai miedo. Me dijo, por qué no te quedai en tu departamento o por qué no cuidái a tu hermana o por qué no te lavái la cara. La guatona Pepa ya no está en su departamento, me dijo, la puerta estaba abierta y no quedó casi nada adentro, pura basura.

No sé qué habrá pasado, me dijo, si es que la guatona se fue o se la llevaron los tiras o los pacos. Había tresceintos mil gases neurotóxicos Tabún. A lo largo de la noche recién pasada, una noche en la que no dormí más de tres horas, pensé en el Omar. Pronto será nuestro cumpleaños. Recordé cómo cada año despertaba en medio de la sensación de que no era exactamente mi cumpleaños sino el de los tres, cada uno en su piso, cada uno despertando de la misma manera, incómodos, seguros de que teníamos el triple de años o éramos el resultado de una broma macabra del bloque. Pero ahora nuestro cumpleaños no llega nunca, sólo la noticia de que la guatona Pepa no está en su departamento. Conocíamos la vida que llevaba la guatona Pepa, su mirada vacía frente al televisor o su oído insensible ante la radio, esperando el llamado de algún familiar, enojada o amargada, siempre hambrienta. Y qué sabe el Omar de la guatona, le pregunto al Lucho. Lo que te digo, la guatona se fue o se la llevaron y no va a volver, eso sí que no. Estoy de acuerdo. No va a volver. El Lucho sale de mi cubículo mientras veo en la pantalla cada vez más defectuosa un desfile que se centra en los brazos y en las manos. Las modelos supieron desaparecer y dejar sólo sus miembros en un primer plano. Los guantes son inesperados. La moda destaca los guantes quirúrgicos como un indispensable accesorio invernal, mientras la mano de la modelo sostiene entre sus dedos un bisturí de cristal tallado que maneja con maestría o el guante de boxeo, ligeramente estilizado mediante una extensión hasta el codo que la modelo mueve sabiamente para mostrar su poderío y después se precipita un conjunto de brazos cerrando el desfile con coloridas fibras de guantes para uso industrial que brillan con sus tonos estruendosos y que demuestran que el calipso hará furor en la próxima primavera europea. Me cansan los brazos y las manos enguantadas. Quisiera apagar el monitor y esperar mi muerte en el cubículo, sentada como un objeto en la silla de plástico para salir de manera apacible de la vida. Es una sensación o un deseo, no lo sé. Había cuatrocientas mil bombas de fósforo blanco. Afuera los pacos y los tiras ejecutan las órdenes que les dieron. Han adoptado las estrategias más obvias y que al Omar le resultan estúpidas. Se pueden ahorrar esta comedia, me dijo ayer, mientras me pasaba su auricular para oír el último tema de un grupo que el Omar sigue. El vocalista rapeaba su himno sexual a la pobreza con una voz realmente insignificante. No quise discutir con el Omar y me saqué con neutralidad el auricular porque sabía que él mantiene la esperanza de que ese grupo represente la modernidad que espera y así se redima el bloque. Había seiscientos mil doscientos gases defoliantes naranja (2,4,5 T). Pero no tenemos tiempo, no tenemos tiempo. Ahora me cerca el hambre. Como si la guatona Pepa se hubiera apoderado de mi cuerpo necesito llegar a una marraqueta o a una frica o a un completo antes de que todo se precipite. La guatona se fue, me dijo el Lucho. Sí, le contesté, se fue. Se extendió una atmósfera desoladora entre nosotros, se fue porque se quedó sola. Sí, porque se quedó sola. Como el Omar, me dijo. Sí, igual que el Omar. Pero él no sabe irse. No sabe, le dije, pero ella sí. El Lucho me cobra los minutos. Me los cobra como si no pasara nada, como si tuviera mi celular, como si todavía hubiera algún lulo disponible. Me cobra como si funcionaran los computadores o los bloques estuvieran en el más pleno apogeo. Me cobra media hora tras media hora, me pasa una cuenta y nos obliga a un pago que ya es imposible. Mi madre se va a ir con mi hermana o se va a morir con mi hermana o la van a matar con mi hermana. Mientras estoy en el departamento las miro como si formaran parte de un pasado que atesoro, las miro con dedicación porque todavía estoy a tiempo de grabarlas en mi mente ahora que no puedo fotografiarlas. La horda de pacos está furiosa por la falta de antenas y se sienten despreciados, eso me lo dijo el Lucho con preocupación, andan de arriba abajo con los celus en la mano, incrédulos, enojados, y los tiras también, pero un poco menos, no sé, distintos. El cíber vacío y nada puede contenernos. Sé con precisión que mi madre y mi hermana están tendidas en la cama, abrazadas. Había quinientos mil trescientos gases invalidantes difenilcloroarsina. Sé que esperan que un culatazo abra la puerta y las saquen a tirones o no esperan nada porque la atmósfera se ha modificado de una manera curiosa que nadie se atreve a enfrentar. Sitiados o encerrados, nadie entiende, los bloques parecen la superficie de un tiempo anacrónico, un espacio coreano o una falsificación china que se va a desplomar en cualquier instante. Mi madre va a salir del departamento con mi hermana y no sé si cerrarán o no la puerta. El Lucho aparece con su cabeza mal cosida. Me dice: necesito con urgencia una pistola de agua para defenderme, una pistola de cobre.

DIEZ GRAMOS DE COCA EN EL RELOJ DE ARENA

Los pacos se clonan y proliferan. Ponen en marcha la invasión febril y destructiva que es activada por sus superiores mediante veloces maniobras digitales. Pronto cesarán y la clonación será discontinuada por una ordenanza internacional. El Subcomisario de los tiras comprende el futuro. Sabe que se acerca el tiempo de la coca negra que será transportada en botellas de vino tinto, en mermelada de moras, en caca de perros policiales. Comprende que se viene la química pastillera y que la coca blanca será una pieza de museo. Había dos mil bombas de Napalm. Ese es un verdadero acierto del tira. Se va a hacer rico porque la coca negra se extenderá y las pastillas colmarán de energía al mundo. Pero en los bloques experimentamos la espera de un enfermo terminal con instantes de la hiriente lucidez que proporciona la coca blanca. El Lucho trajo una botella de pisco al cíber y el Omar seleccionó cinco temas imprescindibles que, según él, podrían aliviar estas horas en que se consolidará el operativo más escandaloso de la historia de los bloques. Pero nos hace falta la sombra furibunda de la guatona Pepa, su pelo asombroso y sus vestidos inacabables, su malhumor y el hambre que nos contagiaba. Comíamos los cuatro. Comíamos con desesperación. Con lujuria, decía el Omar, mientras la guatona Pepa se reía por una vez y mostraba los dientes, blancos, perfectos, y cada uno de nosotros pensábamos lo mismo, admirados por los dientes de la guatona que parecían relumbrar entre su cara desbordada. Había quinientos mil fusiles de asalto AR-15. Unos dientes extraordinarios a los que ni siquiera los manchaba la densa mayonesa amarilla que le corría por la comisura de los labios. Nos contagiaba el hambre. Me colmaba un vacío y simultáneamente sentía que el estómago me explotaba cuando comíamos un pan más en medio de un acto extremo que nos gustaba pues nos poníamos a prueba y finalmente salíamos airosos. El Lucho quedaba atrás, uno o dos panes atrás pero no decíamos nada pues existía un hilo indestructible de confianza entre nosotros cuatro. Después la guatona se fue para adentro de sí misma, se fue para adentro cuando empezó la constante pérdida de los suyos, uno tras otro o uno detrás de otro hasta que comprendió que era irreparable y que los bloques estaban malditos por el dictamen inapelable de la policía. La guatona nos abandonó para pensar en ella misma, lo hizo de una manera distinta a la que adoptó mi hermana porque ella, mi hermana, ama el escándalo y la compasión, ella sabe cómo horrorizarme y alcanzar justo el lugar más incisivo de mi miedo. Nos fuimos alejando de la guatona a lo largo de un tiempo en el que la vida se detuvo para nosotros y se convirtió en algo parecido a un trámite repetido que los tiras y los pacos manejaban de manera incontrolable. Había cincuenta mil misiles cruceros Tomahawk. La guatona dejó su bloque. Mi padre. Los hermanos que tenía ya nos han abandonado. El Omar, que pudo soportar cada una de las ausencias, no va a permanecer con nosotros porque lo van a matar los tiras o los pacos o uno de sus numerosos enemigos musicales con los que se enfrenta en las esquinas del bloque. Un día a la semana o dos o tres, pelea su música y se va con todo en contra de las pandillas porque no soporta la música estafa. El Lucho es nuestro, aunque algo en él no pertenece a los bloques, no huele a cemento, no ladra, consigue un espacio mayor, unos cuántos centímetros más que le permiten la extensión de su optimismo. Podría irse al centro, él lo haría porque siempre sonríe pleno de vacuidad. Aunque el centro le sería propicio, él no lo va hacer, su simpatía no se lo permite y lo vuelve incapaz de abandonar los bloques y a la familia todavía completa que tiene. Su familia es todo para él, su familia y el cíber donde chatea frenético y obstinado. Pero quizás el Lucho no es del todo nuestro, no lo es, permanece como un malabarista en el umbral bloque en medio de un balanceo incierto entre dos mundos que no se pueden compartir. No sé qué pensar de mí misma porque no están las condiciones, menos en un tiempo crítico como el que vivimos, pero entiendo, porque el Omar y el Lucho lo aseguran, lo cantan con sus voces afinadas, que yo soy totalmente bloque y voy a terminar fundida al cemento o convertida en un ladrillo de mala calidad o me consumiré en un ladrido anémico con la columna doblada sobre mis débiles patas. Había seis mil quinientas bombas de racimo. Será lo que será, dice el Omar con la muerte impresa en un punto febril de su cerebro, pasará lo que pasará, afirma el Lucho utilizando un tono calmo, conciliando con el desastre. Afuera del cíber las músicas radiales han debido subir sus volúmenes en señal de duelo y protesta ante la falta malévola de antenas. El despliegue policial todavía no se manifiesta y su violencia se percibe como un síntoma difuso. Pero estamos preparados porque los soplones de la policía mantienen, pese a todo, una férrea solidaridad con los líderes que esgrimen un poder sicológico sobre ellos. Si no lo hacen, los matan. Los matan. Existe una serie de transacciones, pero el Lucho, el Omar y yo nos esmeramos en disimular porque conocemos los movimientos y las reglas de los movimientos. Yo me debo al lulo y a la crema para los malestares internos, las heridas que tengo. Me debo a la simplicidad del lulo mil pesos que marca las medias horas de mi vida. El Omar chupapicos mantiene la esperanza en que suban los precios y así se alivien los movimientos succionadores en su garganta. Está cansado de los dolores en el cuello por la obligación de doblar su cabeza. El Lucho no dice nada, no tiene mayores quejas porque su único horizonte es el estado maltrecho de las computadoras. Sólo eso. Nos anima y nos trae más remedios de la feria. Va a la feria y se pasea entre los puestos buscando medicamentos piratas que vienen de los laboratorios clandestinos o provienen de los grandes laboratorios que se lo venden a las bandas para su pronta comercialización. Son efectivos, nos dice, baratos, seguros, precisos. Pero algunas veces nos descomponen el estómago porque son muy fuertes, dice el Lucho, son los más fuertes que encontré. El Omar lo mira y se pone los auriculares en señal de repudio. El Vladi con su estudio de grabación cada vez más desvencijado le llena la cabeza de fantasías musicales y le entrega las últimas novedades de la música artesanal, esa música que fortalece las convicciones del Omar y lo vuelve crédulo y le otorga unas semanas más de vida. No creemos en ninguna actividad deportiva, eso enfurece al Omar a tal punto que no nos permitimos escuchar noticias ni festejos ni menos frecuentar grupos sometidos a las reglas simples de los juegos porque según el Omar los juegos peloteros retardan los oídos e impiden la reprogramación del futuro. Había doscientas mil municiones de golpe de aire masivo MOAB. No nos tiene que convencer porque estamos seguros de que tiene razón. Pero las pichangas son una manera de distraer a la policía, lo sabemos. Los pichangueros montan un espectáculo falso para cautivar a los tiras que apuestan por los más fuertes. Los pacos intentan arreglar las pichangas para ganarles a los tiras. Son viciosos, la policía completa. Estamos en el cíber y tenemos hambre, los tres. Tenemos hambre y nostalgia, hambre y miedo, hambre y temor ante la posibilidad de que lo poco que queda se venga abajo, pero todavía nos queda una forma curiosa de odio profundo, incisivo, sin el menor atisbo de remordimiento.

El Omar también trabaja como chupapico de algunos policías. Tiras o pacos. Él no puede negarse. No le pagan. Pero inmerso en una astucia inútil, escucha, repite, informa. Lo encuentro en la entrada del cíber. Agitado. Me dice que no sabe cómo darme la noticia, me dice que le duele en el alma tener que contar una verdad insoportable, me dice que me prepare, me dice que tome agua aunque después me mee en los calzones, me dice que nunca lo habría pensado. Nunca lo habría pensado, me dice. Me dice que no se atreve a hablar, me dice que no tiene mucha importancia, me dice que en realidad no tiene ninguna importancia, me dice que son cosas que pasan todos los días, me dice que le parece increíble, me dice que le da pena contarme, me dice que no tiene la menor alternativa, me dice que mi papá y la guatona Pepa se fueron juntos de los bloques, que tenían un plan preparado, que era una historia antigua. Me dice que a mi papá siempre le gustó la guatona, que todo el tiempo anduvo con la guatona, desde que era chica le puso las manos encima, dice, le corrió mano, repite. Andaba desde no sé cuándo con la guatona, desde siempre, dice. Había dieciocho mil armas de uranio empobrecido. Dice que no sabe adónde se fueron, que no están presos, dice, eso sí que no, que tampoco están muertos. Dice que no los mataron, que la guatona no se quería ir, de eso no está seguro, que lo va a confirmar, que puede hacerlo, que va a averiguar todo lo que sea necesario, dice. Y dice, mientras me mira, pero tú ya lo sabíai, lo sabíai. Me da rabia el tono del Omar, su falso asombro. Porque sabíamos el Omar, el Lucho y yo lo de mi papá y la guatona Pepa, todos los bloques se hicieron eco hasta que se acostumbraron. Toda la familia. Nos adaptamos a ellos, a la guatona y mi papá. Mi hermana estaba confundida pero terminó por comprender. Se trataba de un hecho frecuente, de la vida misma, un pedazo de sentimentalismo que atravesaba de punta a punta los bloques que se confundían y después trepaba por los postes de cemento buscando una hendidura para colmar un milímetro de satisfacción. Es normal, es común, normal, dijo mi madre, corriente, dijo. Había cuatro mil doscientos cazabombarderos Azarahsh. Nos acomodamos. Mi papá era mentiroso, distinto, raro. Y justo ahora, en este día preciso, en los momentos en que los bloques sacan sus cuentas más desafortunadas, el Omar se precipita sobre mí para hablar de lo que no tenemos que hablar, aunque entiendo que lo que pretende es dar un vuelco al desastre y urdir una historia imposible que podría repararnos o humillarnos de otra manera. Humillarnos de una manera bloque, porque cuando la guatona creció, mi papa perdió su interés y la guatona lo odiaba. Se odiaban silenciosamente los dos. El Omar busca generar un nuevo horizonte que difiera la muerte y provoque un caos fundado en la traición y el abandono. Quiere resucitar a mi padre para evitarme la pesadilla del cuarto piso provocada por el ensañamiento en contra de nosotros. Quiere resucitarlo, sí, para investirnos de un dolor que podría llegar a ser insignificante para la familia. La guatona y mi papá, qué dúo. Podría parecer incomprensible, pero no lo es. Había mil quinientos bombarderos TU-160. Todo tiene un punto de apoyo en nuestras vidas que transcurren entre el cemento y las escaleras, unas vidas de familia de treinta metros que buscan incesantemente la expansión. El Omar habla frente a mí de modo inverosímil, titubeante, repetitivo. Ya está bueno, córtala, cállate, le digo. El Lucho levanta la cortina metálica del cíber. Las palabras estúpidas del Omar me dan vueltas en la cabeza. Necesito comerme una frica o necesito volver al departamento para comprobar que no se han ido, que siguen ahí, que no están muertas todavía, que a mi mamá no la tomaron presa ni mi hermana está doblada adentro de la cuca o que a mi mamá no le ha dado un ataque de pánico, esos ataques que le cortan la respiración y se pone fea, horrible tratando de respirar. Tengo las imágenes en mi celular. Quiero volver al departamento para examinar unas fotos que conseguí imprimir y ratificar nuestra existencia ahora que los pacos y los tiras vuelan como moscardones o como abejas o como murciélagos o como sombras por mi cerebro. Quiero volver a subir las escaleras corriendo, con los oídos zumbando e introduciendo ruidos intolerables en mi cerebro, subir las escaleras medio sorda para verlas a las dos, para apoderarme de ellas y tragármelas para que no me las quiten. Entrar al departamento con la lengua afuera porque estoy gorda y no puedo correr cemento arriba a tanta velocidad, entrar con sed y precipitarme sobre el vino que ahora es de mi mamá y de mi hermana, mío no, todavía no, no es mío el vino porque no me alcanza la plata pero chupo el gollete de la botella igual que el Omar chupapico y me duele algo en el primer espacio de la garganta y es espantoso chupar tanto para sacar algunas gotas que no compensan el esfuerzo. Me asustó el Omar. Quizás él mató a mi hermana después de una riña intensa o desorbitada o incontrolable. Mató a mi hermana porque ya no tiene nada que perder ahora que nuestras fichas parecen no tener fin y se llenan de anotaciones falsas porque el Omar y yo somos cíber, no calle, no. Calle no. Había cincuentamil sistemas de defensa antiaéreos Tor M-1. Odiamos las veredas y los recodos. Sólo cuando alguien lo molesta musicalmente, cuando un grupo destruye su gusto, cuando le dejan anónimos iracundos y ofensivos en el departamento del Vladi, el Omar ataca y se le pasa la mano y corren hilos de sangre musical. Mi hermana odia al Omar, siempre lo odió porque vive en otro mundo, dice. Cómo no te dai cuenta que el Omar vive en otro mundo, hasta cuándo vai a todos lados con él, cómo no te dai cuenta. Y el Omar nos dijo que antes de irse de la poca vida que le quedaba le iban a pagar todos los agravios. Quiere irse o quiere que lo maten sus enemigos o que lo mate la policía porque está cansado de nosotros y de él mismo, de su cara repetida y está perplejo algunas veces y eso le arruina el ánimo y le impide pensar en su predilección por algunos sitios inesperados que encuentra moviendo el cursor y que no quiere compartir con nadie. Está cansado el Omar del Lucho, está cansado de mí y tiene un resentimiento que lo hará famoso, eso lo sé, ese resentimiento especial y moderno lo llevará a un estado de violencia que no será la más conocida y por eso me da miedo que me hable de mi papá, porque él podría hacerle algo a mi hermana y a mi mamá antes de que a ella le venga el ataque de pánico que me aterra y me pone fuera de mí. Yo tengo que estar con ellas ahora mismo, voy a dejar al Omar hablando solo sus sandeces de siempre porque se ha desencadenado en mí el miedo que tanto conozco, este miedo que me aprisiona como una funda de plástico y que me impide moverme con fluidez porque soy un mero paquete envuelto en miedo, el miedo que me provoca el cuarto piso que mantiene a la familia oscilando en una altura peligrosa, una altura funeraria, una altura que la policía vigila y ataca y mantiene a mi hermana enferma de sus nervios delgados, delicados, tan sutiles sus nervios que necesita de la medicina que venden en la feria, muchas pastillas, blancas todas. Pero ella las comparte a un precio razonable de reventa. Había nueve mil veinte bombas de ácido cianhídrico. Aquí tenís las pastillas, me dice una vez a la semana. Y yo me las tomo y le paso algunas al Omar y bastantes al Lucho para que las comercie en el cíber aunque todavía tiene la cabeza bastante inestable por los puntos raros que le cosieron. La muerte de mi papá iba a suceder, era inevitable. La guatona después de la caída de los celus tenía que irse a trabajar al centro. Pero si al Lucho se le sueltan los puntos que le afirman la cabeza se nos termina para siempre el bloque cíber que nos mantiene todavía un poquito saludables.

Había dos millones de cañones de artillería mortero autopropulsado de 55 toneladas, 155 mm.

NOS QUEDAREMOS ADENTRO

Los bloques están amurallados por la policía. Los niños y los perros vagan como manadas indiferentes a los detalles del asedio. Los ladridos y los gritos de los niños retumban en mis oídos en medio de este súbito calor sofocante. Mi madre y mi hermana salieron a la calle para manguerearse con el agua del grifo. Salieron contentas por el agua pero, a la vez, estupefactas ante los nuevos límites que tenemos que conservar. Pero contentas. Sí. Unidas. Se van a ir de los bloques en cualquier momento, eso lo sé, intentarán que yo las acompañe en su próximo destino, el centro, para enclaustrarnos en sus viejas piezas, pero no lo haré, jamás. Se aproxima para mí la hora más crítica, la más prolongada de todas, una hora sin tiempo. Ellas ya abandonaron la esperanza y suspendieron la espera. Los niños no van a volver nunca, dijo anoche mi madre con su extraña serenidad.

Nunca, dijo mi hermana, porque me los robaron, sí, a mis niños. Había tres millones de rifles de francotirador M107. Me habría gustado tomarles una foto a las dos con mi celu para conservar sus rostros y guardar sus expresiones, aunque no estaban abatidas sino en cierto modo aliviadas de dejar atrás unos estériles años bloques familiares que sólo arrojaron un montón de pérdidas. Me quedaré en el departamento esperando las órdenes finales que recibirá la policía, unas órdenes que no se sabe cuándo se implementarán. Permaneceré midiendo el tiempo con el Omar y el Lucho, fiel a un cíber que cada día lanza sus ridículos estertores en las imágenes difusas que ahora proyectan las computadoras. Nos quedaremos los tres y pasaremos juntos no sé cuántos cumpleaños. Habrá o no habrá otro año para nosotros. Sé que mi madre y mi hermana tienen horas o días para abandonar los bloques, después todo se va a volver imposible. Yo tengo que dejarlas ir, desapegarme de sus presencias y esperar acuciosamente a la policía, a los tiras y a los pacos y en cualquier minuto llegarán militares, milicos en tanques gigantescos para disparar a los bloques en un allanamiento multitudinario que nos va a imponer leyes grotescas. Había diez millones de bombas termobáricas. Si llegan los militares el Omar no va a sobrevivir, lo van a matar porque él se va a rebelar y va a inmolarse con sus auriculares enterrados en sus oídos para no escuchar el impacto de las municiones que lo abatirán. Lo velaremos y lo enterraremos al ritmo de su música y dejaré sobre el ataúd su cuaderno con las letras de sus canciones que no consiguieron encajar con nuestro tiempo. Pero no. El Omar va a seguir vivo, lo sé, porque los pacos y los tiras no se van a permitir un fracaso de tal envergadura y lograrán imponerse de cualquier modo. Subirán las coimas y el bloque como siempre pagará después de una consistente golpiza departamento por departamento, piso por piso. Los bloques entregarán las sustancias, las pocas que quedan, y los líderes se reunirán para generar nuevas estrategias. Dicen que en las cárceles se amotinan. Había diez mil Redback teledirigidas. Pero aquí no es necesario, no es necesario. Los símiles de edificios que tenemos bastan porque cabemos cientos y miles en los treinta metros que existen detrás de los pasillos enrejados. Pasillos cárceles en los que no nos amotinaremos jamás. Y qué te pasa a ti que estái tan pálida, tan retorcida, entra a tu cubículo, no veís que estamos atrasados, me dice el Lucho. Está preocupado, lo sé, por el ambiente que ya no es proclive a las computadoras ni para imprimir documentos que ya no sirven para nada. Se ven tan borrosas las pantallas que el Lucho tuvo que bajar los precios y eso nos rebajó en todo sentido. Yo también cobro menos, una suma irrisoria que me tiene demasiado desanimada. Qué haré sin familia, me pregunto. Moriré sola. Llegaré hasta una fosa común o alguien regalará mis huesos para un experimento. Lo vi en un sitio. O venderá mis huesos como si fueran restos chinos que se van a comerciar por internet. Me convertiré en un adorno de sobremesa para una casa australiana. Así será. Eso me dijo el Omar mientras mirábamos fascinados el sitio de tráfico de huesos y su conversión en objetos ultra decorativos. Había tres mil dispositivos de largo alcance LRAD. Se veían bien los huesos, el Omar se rió con el Lucho y dijo que era mejor venderlos en vida, mejor precio dijeron los dos. Quedaré sola en el departamento y ya vendrán otros miedos. Pero ellas tienen que irse al centro, es más seguro pero nada está garantizado porque mi hermana se ha empecinado en rehacerse y ya es demasiado tarde para ella. O no se irán porque no sabrían cómo ordenar sus vidas en la pieza ni cómo caminar por las calles. No se van a ir, deambularán por los bloques bajo las miradas y los controles de los tiras, pasarán al lado de las tanquetas y reconocerán con prolijidad a los pacos infiltrados. El cojo Pancho es un infiltrado de los pacos, lo sabemos, tan infiltrado que está confundido y ya no se puede distinguir a sí mismo y se ha mimetizado con las fricas y su espantosa parrilla portátil. La limpia con dedicación de carabinero infiltrado y se desvive por su magra clientela. Lo van a matar tarde o temprano, la orden fue dada y el Lucho está aterrado de convertirse en un testigo y se resta de las mejores fricas de los bloques. Yo sigo fielmente mis fricas y no tomo demasiado en serio la infiltración porque los detectamos con nuestro agudo olfato perruno y los líderes lo confirman y frenan por un tiempo sus impulsos hasta que las coimas restablecen el equilibrio. Necesitamos las antenas para los celulares, no puedo dormir sin mi celu, no puedo pensar y no sé cómo hemos resistido la marginación. Pero mañana van a levantar las antenas, eso dicen los tiras y los pacos que tampoco soportan la vida sin sus celus. Cometieron un error y en la próxima madrugada escucharemos los sonidos que distraen y abren un horizonte de esperanza, no un horizonte, no, una rendija pequeña de esperanza en la solidez de los bloques, en la verticalidad del cuarto piso, en la resistencia de las escaleras. No sé cómo definir lo que veo. No hay un sitio que me convenza totalmente o me seduzca totalmente al punto de entregarme a la contemplación. La moda no avanza sino más bien vuelve a los mismos giros de siempre. Los italianos se quedan atrás y los japoneses pareciera que no tienen ya nada que ofrecer. Los vestidos de novia de las últimas colecciones son fastuosos y deslavados porque no pueden salir del blanco y eso cansa. Cansa. Los sitios más profundos de las computadoras dan señas de un porvenir que el

Omar quiere relevar. Son impactantes y yo no me atrevo a indicarlos con mi intransigente dedo índice. Más me vale el silencio. Una parte de mí ya se ha cosificado. Había cinco mil bombas de racimo. No puedo sentarme con comodidad porque el lulo ha hecho significativos estragos en mi interior y no hay crema que suavice el daño. Pero la familia que me queda me necesita. Y los niños todavía no dejan de llorar, los hijos de mi hermana. Los pacos y los tiras se vienen con todo. Es parte de nuestra vida. Un avión comercial cruza el cielo. El Dios de mentira nos dio vuelta la espalda y se subió al avión sin decir una sola palabra acerca de la resurrección y la vida eterna para los cuerpos bloques. Pero entiendo con un optimismo demente que tenemos otra oportunidad.

Había doscientas mil armas de sensores fusionados CBU-97.

Estamos parapetados en el cíber. Ya nos digitalizamos.

Navegamos el cubículo para probar el primer video juego chileno. Un veloz juego de defensa diseñado por el Lucho, musicalizado por el Omar y perfeccionado por mí. Movemos el cursor con maestría. Empieza el juego. Y entonces aparecemos en la pantalla con el título que diseñamos: "Pakos Kuliaos".

Había cuatro mil millones de proyectiles de artillería teledirigidos de alto rango XM82 Excalibur.